JEUX DE GLACES

Liste alphabétique complète des

Romans d'Agatha Christie

(Masque et Club des Masques)

	Masque	Club des masques
A.B.C. contre Poirot	263	296
L'affaire Protheroe	114	36
A l'hôtel Bertram	951	104
Allô! Hercule Poirot?	1175	284
Associés contre le crime	1219	244
Le bal de la victoire	1655	561
Cartes sur table	275	364
Le chat et les pigeons	684	26
Le cheval à bascule	1509	514
Le cheval pâle	774	64
Christmas Pudding		42
(Dans le Masque : Le retour d'Hercule Poirot)		
Cinq heures vingt-cinq	190	168
Cinq petits cochons	346	66
Le club du mardi continue	938	48
Le couteau sur la nuque	197	135
Le crime de l'Orient-Express	169	337
Le crime du golf	118	265
Le crime est notre affaire	1221	288
La dernière énigme	1591	530
Destination inconnue	526	58
Dix brèves rencontres	1723	578
Dix petits nègres	299	402
Drame en trois actes	366	192
Les écuries d'Augias	913	72
Les enquêtes d'Hercule Poirot	1014	96
La fête du potiron	1151	174
Le flambeau	1882	584
Le flux et le reflux	385	235
L'heure zéro	349	439
L'homme au complet marron	69	124
Les indiscrétions d'Hercule Poirot	475	142
Je ne suis pas coupable	328	22
Jeux de glaces	442	78
La maison biscornue	394	16
La maison du péril	157	152
Le major parlait trop	889	108
Marple, Poirot, Pyne et les autres	1832	583
Meurtre au champagne	342	449
Le meurtre de Roger Ackroyd	1	415
Meurtre en Mésopotamie	283	28
Le miroir du mort		94
(dans le Masque : Poirot résout trois énigmes)		

	Masque	Club des masques
Le miroir se brisa	815	3
Miss Marple au club du mardi	937	46
Mon petit doigt m'a dit	1115	201
La mort dans les nuages	218	128
La mort n'est pas une fin	511	90
Mort sur le Nil	329	82
Mr Brown	100	68
Mr Parker Pyne	977	117
Mr Quinn en voyage	1051	144
Mrs Mac Ginty est morte	458	24
Le mystère de Listerdale	807	60
La mystérieuse affaire de Styles	106	100
Le mystérieux Mr Quinn	1045	138
N ou M?	353	32
Némésis	1249	253
Le Noël d'Hercule Poirot	334	308
La nuit qui ne finit pas	1094	161
Passager pour Francfort	1321	483
Les pendules	853	50
Pension Vanilos	555	62
La plume empoisonnée	371	34
Poirot joue le jeu	579	184
Poirot quitte la scène	1561	504
Poirot résout trois énigmes	714	
(Dans le Club : Le miroir du mort)		
Pourquoi pas Evans?	241	9
Les quatre	134	30
Rendez-vous à Bagdad	430	11
Rendez-vous avec la mort	420	52
Le retour d'Hercule Poirot	745	
(Dans le Club : Christmas Pudding)		
Le secret de Chimneys	126	218
Les sept cadrans	44	56
Témoin à charge	1084	210
Témoin indésirable	651	2
Témoin muet	377	54
Le train bleu	122	4
Le train de 16 h 50	628	44
Les travaux d'Hercule	912	70
Trois souris...	1786	582
La troisième fille	1000	112
Un cadavre dans la bibliothèque	337	38
Un deux trois	359	1
Une mémoire d'éléphant	1420	469
Un meurtre est-il facile?	564	13
Un meurtre sera commis le...	400	86
Une poignée de seigle	500	40
Le vallon	361	374
Les vacances d'Hercule Poirot	351	275

AGATHA CHRISTIE

JEUX DE GLACES

Traduit de l'anglais par Clarisse Frémiet

LIBRAIRIE DES CHAMPS-ÉLYSÉES

Ce roman a paru sous le titre original :

THEY DO IT WITH MIRRORS

© 1952 BY ROSALIND MARGARET CLARISSA HICKS AND WILLIAM EDMUND CORK ET LIBRAIRIE DES CHAMPS-ÉLYSÉES, 1953.

Tous droits de traduction, reproduction, adaptation, représentation réservés pour tous pays.

PREMIÈRE PARTIE

Mrs. Van Rydock s'écarta du miroir et soupira :

— Enfin, murmura-t-elle, il faudra bien que ça aille comme ça. Qu'est-ce que tu en penses, Jane?

Miss Marple promena sur la création de Lavanelli un regard critique avant de répondre :

— A mon avis, c'est une très belle robe.

— Oh! la robe, il n'y a rien à lui reprocher, reprit Mrs. Van Rydock en soupirant de nouveau. Aidez-moi à l'enlever, Stéphanie.

La femme de chambre, une fille sans âge à cheveux gris, fit adroitement glisser la robe le long des bras levés de Mrs. Van Rydock.

Celle-ci resta devant la glace en combinaison de satin pêche. Elle était admirablement corseté; un nylon arachnéen gainait ses jambes encore fines. Vu d'une certaine distance, son visage, tonifié par de constants massages, apparaissait presque juvénile sous une couche de crème et de fards. Ses cheveux, coiffés à miracle, tiraient sur le bleu hortensia plutôt que sur le gris. Il était impossible, en regardant Mrs. Van Rydock, d'imaginer ce qu'elle pouvait être dans son état naturel. Tout ce que permettait l'argent était à son service, complété par les régimes, les massages et les exercices auxquels elle se livrait inlassablement.

— Crois-tu Jane, que beaucoup de gens devineraient que nous sommes du même âge, toi et moi?

Ruth Van Rydock regardait son amie avec une certaine malice.

Miss Marple se montra sincère et rassurante.

— Je n'ai pas cette illusion! Moi, vois-tu, je crois que je parais au moins aussi vieille que je le suis.

Avec des cheveux tout blancs, un visage très doux couvert de rides, des joues roses, des yeux candides couleur de pervenche, Miss Marple était une délicieuse vieille dame. Jamais personne n'aurait pensé à parler de Mrs. Van Rydock comme d'une délicieuse vieille dame.

— C'est vrai, ma pauvre Jane! dit Mrs. Van Rydock, et elle ajouta avec un éclat de rire inattendu : Moi aussi, d'ailleurs, mais pas de la même façon. En parlant de moi, les gens disent : C'est épatant ce qu'elle garde sa ligne, cette vieille bique! » Ils savent fort bien que je suis une vieille bique. Et, grand Dieu, je ne le sais que trop, moi aussi!

Elle se laissa tomber sur un fauteuil recouvert de satin.

— Merci, Stéphanie, je n'ai plus besoin de vous.

La femme de chambre sortit, emportant sur son bras la robe délicatement pliée. Et Mrs. Van Rydock reprit :

— Ma brave Stéphanie! Ça fait plus de trente ans qu'elle est avec moi. C'est le seul être au monde qui sache de quoi j'ai réellement l'air...

Puis changeant de ton :

— Écoute, Jane, dit-elle, j'ai à te parler.

Miss Marple se tourna vers son amie, sa figure avait pris une expression attentive. Dans cette luxueuse chambre de palace, elle était un peu déplacée avec sa robe noire sans forme et son énorme cabas.

— Je suis inquiète au sujet de Carrie-Louise.

— Carrie-Louise?

Miss Marple avait répété ce nom d'un ton rêveur. Il la ramenait bien loin dans le passé.

Le pensionnat de Florence... Elle-même, jeune Anglaise, toute blanche et toute rose, née dans l'ombre d'une cathédrale, et les deux petites Martin, Américaines et follement amusantes avec leur façon de parler si drôle, leurs manières directes, leur vitalité. Ruth, grande, ardente, toujours « partie pour la gloire », Caroline-Louise, menue, distinguée, rêveuse...

— Quand l'as-tu vue pour la dernière fois, Jane?

— Oh! il y a bien longtemps. Vingt-cinq ans peut-être. Naturellement, nous nous écrivons toujours à Noël.

Quelle chose curieuse que l'amitié! Cette Jane Marple, toute jeunette alors, et ces deux Américaines... Leurs routes avaient divergé presque tout de suite et, pourtant, la vieille affection avait survécu. Des lettres de temps en temps et des vœux à la Noël. Et c'était Ruth, qui habitait l'Amérique, que Jane retrouvait le plus souvent alors qu'elle ne voyait presque jamais Carrie-Louise qui s'était fixée en Angleterre.

— Pourquoi es-tu inquiète de ta sœur, Ruth? demanda Miss Marple.

— De nous deux, quand nous étions jeunes, c'est Carrie-Louise qui avait le plus d'idéal, déclara Ruth Van Rydock au lieu de répondre à la question de son amie. C'était la mode, dans ce temps-là, de vivre pour un idéal. Toutes les jeunes filles avaient le leur. C'était « comme il faut ». Toi, Jane, tu voulais aller soigner les lépreux. Moi, je voulais me faire religieuse. On en revient, de toutes ces chimères. Mais, Carrie-Louise, vois-tu... (Son visage s'assombrit.) Je crois que c'est vraiment ça qui me tourmente au sujet de Carrie-Louise... Elle a épousé successivement trois phénomènes.

— Mais, ma chérie, commença Miss Marple.

— Je sais, je sais, dit Ruth Van Rydock avec impatience, Gulbrandsen, son premier mari, avait beau être un phénomène, il ne manquait pas de sens pratique. Quand il l'a épousée, il avait cinquante ans, ses fils étaient déjà grands et il a fait une énorme fortune.

Miss Marple hocha la tête, l'air pensif. Le nom de Gulbrandsen était connu dans le monde entier. Cet homme d'affaires prestigieux, et d'une honnêteté parfaite, avait échafaudé une fortune tellement colossale que, seule, la philanthropie lui avait fourni le moyen de la dépenser. La Fondation Gulbrandsen, les Bourses de Recherches Gulbrandsen, les Hospices Gulbrandsen, et l'œuvre la plus connue de toutes : l'immense collège créé pour les fils d'ouvriers, conservaient à ce nom toute sa signification.

— Je n'ai jamais été si contente pour ma sœur que le jour où elle a épousé Johnnie Restarick, après la mort de Gulbrandsen. Non que j'aie jamais pris au sérieux ses décors de théâtre, ou son soi-disant travail de mise en scène. C'est pour son argent qu'il l'a épousée... Oh! peut-être pas uniquement bien sûr. Mais, en tout cas, il ne l'aurait pas prise si elle n'en avait pas eu. Ensuite, cette abominable femme, cette Yougoslave, lui a mis le grappin dessus. Elle l'a littéralement enlevé. Si Carrie-Louise avait eu une once de bon sens et l'avait simplement attendu, il serait revenu.

— Est-ce qu'elle en a beaucoup souffert? demanda Miss Marple.

— C'est ça le plus drôle : figure-toi que je ne le crois pas. Elle a été absolument adorable dans toute cette affaire... Il est vrai que c'est dans sa nature. Elle est adorable. Elle ne pensait qu'à divorcer pour qu'il puisse épouser cette créature. Elle a offert de prendre chez elle les deux garçons qu'il avait de son premier mariage parce qu'ils auraient ainsi une vie plus régulière. De sorte que le pauvre Johnnie... il a bien fallu qu'il l'épouse sa bonne femme. Elle lui a fait une vie d'enfer pendant six mois et, après ça, dans un accès de fureur, elle l'a entraîné dans un précipice avec sa voiture. On raconte que c'est un accident, mais, moi, je suis persuadée que c'était exprès.

Mrs. Van Rydock se tut, prit un miroir, passa en revue les moindres détails de son visage et, saisissant une pince à épiler, arracha, d'un de ses sourcils, un poil plus long que les autres.

— Et ensuite Carrie-Louise n'a rien eu de plus pressé que d'épouser cet autre numéro, Lewis Serrocold. Encore un phénomène! Encore un idéaliste!... Oh! je ne dis pas qu'il n'aime pas Carrie-Louise. Je crois qu'il l'aime, mais il a cette même manie de vouloir rendre tout le monde heureux. Comme si on pouvait faire ça pour autrui!

— C'est bien difficile, en effet, dit Miss Marple.

— La jeunesse délinquante! C'est sa marotte! Il a mis leur propriété sens dessus dessous en vue de cette nouvelle idée. C'est maintenant une maison d'éducation pour les jeunes criminels. Rien n'y manque; il y a des psychiatres, des psychanalystes, des psychologues et tout et tout. Lewis et Carrie-Louise sont là, entourés de ces garçons, qui ne sont pas tous normaux; la maison est pleine de spécialistes de toutes sortes, médecins, professeurs, plus enthousiastes les uns que les autres. La moitié d'entre eux est radicalement folle et toute la clique est déboussolée. Et ma petite Carrie-Louise vit au milieu de tout ça.

Ruth se tut de nouveau et leva des yeux malheureux vers Miss Marple. Celle-ci semblait perplexe.

— Tu ne m'as pas encore expliqué, Ruth, ce que tu redoutes pour ta sœur.

— Je te l'ai dit, je n'en sais rien, et c'est là ce qui me tourmente le plus. Je viens d'aller à Stonygates, je n'y ai fait qu'une apparition mais, tout le temps, j'ai eu l'impression de quelque chose d'anormal... dans l'atmosphère... dans la maison. Et je sais que ce n'est pas une idée. Je suis très sensible à l'ambiance. Je l'ai toujours été... Jane, dit-elle d'un ton plus pressant, je voudrais que tu ailles là-bas tout de suite et que tu te rendes compte exactement de ce qui se passe.

— Moi? s'écria Miss Marple. Pourquoi moi?

— Parce que tu as un flair incomparable pour ce genre de chose et cela depuis toujours. Tu es aimable et tu as l'air inoffensif, ce qui n'empêche que, malgré ces apparences, tu ne t'étonnes de rien et tu es toujours prête à envisager le pire.

— Mais, ma chère Ruth, comment veux-tu que je débarque comme ça chez Carrie-Louise? demanda Miss Marple d'un ton tranquille.

— J'ai tout combiné. Ne sois pas furieuse contre moi. J'ai déjà préparé le terrain. J'ai écrit à Carrie-Louise pour lui parler de toi. Comme je m'y attendais, elle t'invite. Sa lettre doit t'attendre chez toi.

Avant de prendre le train pour rentrer à St Mary Mead, Miss Marple tint à se faire donner quelques renseignements. Elle le fit avec précision et objectivité.

— Ce que je désire savoir, ma petite Ruth, ce sont des faits... et une idée approximative des gens que je vais trouver à Stonygates.

— D'accord. Tu sais l'histoire du mariage de Carrie-Louise avec Gulbrandsen. Ils n'ont pas eu d'enfants et elle en a été très affectée. Gulbrandsen était veuf et père de trois grands fils. Ils ont fini par adopter une petite fille. Ils l'ont appelée Pippa... un amour de gosse. Elle avait juste deux ans quand ils l'ont prise.

— D'où venait-elle? Connaissaient-ils sa famille?

— Ça, franchement, je n'en sais plus rien... Si même je l'ai jamais su. Se sont-ils adressés à une œuvre d'adoption? Était-ce une enfant dont sa famille ne voulait pas et dont Gulbrandsen avait entendu parler?... Quoi qu'il en soit, à peine cette petite était-elle chez eux que Carrie-Louise s'est aperçue qu'elle allait enfin avoir un bébé. D'après ce que m'ont dit certains médecins, il paraît que cette coïncidence est assez fréquente. Avant l'adoption, elle aurait été folle de joie, mais, aimant Pippa comme elle s'était mise à l'aimer, elle s'est sentie, pour ainsi dire, coupable envers elle. De plus, Mildred, quand elle est née, était une enfant affreuse. Elle ressemblait à Gulbrandsen, qui était costaud et bon, mais nettement vilain. Carrie-Louise avait tellement peur de faire une différence entre sa fille adoptive et l'autre qu'elle a, je crois, plutôt gâté Pippa, tout en se montrant sévère avec Mildred. J'ai même l'impression que, par moments, Mildred en éprouvait de la rancune. Mais, à vrai dire, je ne les voyais pas beaucoup. Les enfants ont grandi, Pippa est devenue ravissante et Mildred fort laide. Lorsque Éric Gulbrandsen est mort, Mildred avait quinze ans et Pippa dix-huit. Il laissait une somme égale à chacune de ses deux filles. Par la suite, Pippa a épousé un marquis italien et Mildred un certain chanoine Strete, un homme très bien, mais qui était sans cesse enrhumé du cerveau. Il avait dix ou quinze ans de plus qu'elle. Je crois qu'ils ont été très heureux.

« Il est mort l'année dernière et Mildred est revenue vivre à Stonygates avec sa mère. Mais je vais trop vite. J'ai sauté un ou deux mariages. J'y reviens. Pippa a donc épousé un Italien. Au bout d'un an, elle est morte en donnant le jour à une fille : Gina. Un vrai drame. Tout le monde en a été bouleversé. Carrie-Louise faisait constamment la navette entre l'Angleterre et l'Italie et c'est à Rome qu'elle a rencontré Johnnie Restarick et qu'elle l'a épousé. Le marquis s'est remarié, lui aussi, et s'est montré tout disposé à laisser sa petite fille en Angleterre pour que sa richissime aïeule l'élève. Ils se sont donc tous installés à Stonygates : Johnnie Restarick et Carrie-

Louise, les deux fils de Johnnie, Alexis et Stephen, la petite Gina et Mildred qui, au bout de très peu de temps, a épousé son chanoine. Après, il y a eu toute cette histoire avec la Yougoslave, le divorce... Les deux garçons ont continué à venir à Stonygates pour leurs vacances. Ils aimaient beaucoup Carrie-Louise. Et je crois que c'est en 1918 que ma sœur a épousé Lewis.

Mrs. Van Rydock s'arrêta pour reprendre haleine, puis demanda :

— Tu n'as jamais rencontré Lewis?

— Non. J'ai vu Carrie-Louise pour la dernière fois en 1928. Elle m'a très gentiment invitée à Covent Garden[1].

— Je vois. Eh bien, Lewis était, en tout point, le mari qui pouvait lui convenir. Expert-comptable particulièrement apprécié, il était riche, à peu près du même âge qu'elle. Avec ça une réputation parfaite... Seulement c'était un phénomène. Il était littéralement obsédé par le problème du sauvetage des jeunes criminels...

Ruth Van Rydock poussa un soupir en voyant Miss Marple regarder sa montre.

— C'est l'heure de ton train?... Et je n'en suis pas seulement à la moitié! Enfin, je pense que tu verras bien par toi-même.

— Je le pense aussi, dit Miss Marple.

***

Ouverte à tous les vents, la gare de Market-Kimble était vaste et vide. C'est à peine si on y voyait un ou

[1] L'Opéra de Londres.

deux voyageurs et quelques employés. Elle se glorifiait pourtant de ses six quais et de sa marquise, sous laquelle, lorsque Miss Marple y arriva, un petit train, composé d'un seul wagon, crachait avec importance des torrents de fumée.

Miss Marple regardait autour d'elle, un peu incertaine, lorsqu'un jeune homme l'aborda.

— Miss Marple? demanda-t-il.

Sa voix avait une intonation dramatique inattendue. On aurait cru que le nom qu'il venait de prononcer était le premier mot de son rôle dans une comédie d'amateurs.

— Je suis venu vous chercher... de Stonygates.

Miss Marple le gratifia d'un sourire reconnaissant. Ce n'était qu'une vieille dame charmante et sans défense, mais ses yeux bleus, s'il les avait remarqués, auraient pu sembler à son interlocuteur étrangement pénétrants. L'extérieur du jeune homme s'accordait mal avec sa voix. Il était beaucoup moins frappant. On aurait presque pu le qualifier d'insignifiant. Un tic nerveux lui faisait sans cesse cligner les paupières.

— Je vous remercie, dit Miss Marple, je n'ai que cette valise.

Elle remarqua que le garçon se gardait bien de prendre lui-même la valise. Il fit claquer ses doigts pour appeler un porteur qui passait en poussant un chariot chargé de bagages.

— Prenez cette valise, je vous prie, dit-il.

Et il ajouta :

— C'est pour Stonygates.

— Ça va! cria le porteur avec bonne humeur. J'en ai pas pour longtemps!

Miss Marple eut l'impression que le jeune homme

n'était pas très satisfait. C'était un peu comme si on n'avait pas attaché plus d'importance à Buckingham Palace qu'à un kiosque à musique.

— Oh! ces cheminots! s'écria-t-il. Ils deviennent de plus en plus impossibles!

En guidant Miss Marple vers la sortie, il se présenta :

— Je m'appelle Edgar Lawson. Mrs. Serrocold m'a prié de venir au-devant de vous. Je suis l'assistant de Mr. Serrocold.

Miss Marple perçut dans ces paroles une insinuation subtile : un homme occupé, important, avait laissé fort aimablement des affaires importantes, par galanterie pour la femme de son employeur. Il y avait dans sa façon de s'exprimer une nuance théâtrale qui sonnait un peu faux.

Miss Marple commença à se demander ce qu'était Edgar Lawson.

Ils sortirent de la gare et Lawson dirigea la vieille demoiselle vers une Ford V8, d'un modèle un peu suranné.

— Voulez-vous vous asseoir devant, à côté de moi, ou préférez-vous la banquette du fond? demanda-t-il.

Mais, au même moment, une Rolls étincelante entra en ronronnant dans la cour de la gare et vint s'arrêter devant la Ford. Une très jolie jeune femme en descendit et s'approcha d'eux. Le fait qu'elle portait un pantalon de velours côtelé fort sale et une simple chemisette de toile au col déboutonné, mettait en relief, non seulement sa beauté, mais aussi son luxe.

— Ah! vous voilà, Edgar. J'ai cru que je n'arriverais jamais à temps! Je vois que vous avez trouvé Miss Marple. Je viens la chercher.

Le sourire éblouissant qu'elle adressa à Miss Marple découvrit des dents blanches comme des perles dans un visage méridional bronzé par le soleil.

— Je suis Gina, la petite-fille de Carrie-Louise, déclara-t-elle. Comment s'est passé votre voyage? Abominable, je pense? Vous avez un sac ravissant. J'adore les sacs en ficelle. Donnez-le-moi, avec vos manteaux. Je tiendrai tout. Vous monterez plus facilement.

Edgar avait rougi. Il protesta :

— Écoutez, Gina. Je suis venu au-devant de Miss Marple... Tout était combiné.

Gina tourna vers lui son beau sourire insouciant.

— Je sais bien, Edgar. Mais, tout d'un coup, je me suis dit que ce serait plus gentil si je venais aussi. Je vais prendre Miss Marple dans ma voiture. Attendez un moment, comme ça vous pourrez ramener ses bagages.

Elle ferma, en la claquant, la portière qui se trouvait du côté de Miss Marple, courut à l'autre, sauta derrière le volant et démarra.

En se retournant, Miss Marple remarqua l'expression du visage de Lawson.

— Ma chère enfant, dit-elle, je ne crois pas que vous ayez fait grand plaisir à Mr. Lawson.

Gina éclata de rire.

— Il est trop bête aussi, avec ses manières pompeuses. On dirait vraiment qu'il a de l'importance!

— N'en a-t-il aucune? demanda Miss Marple.

— Edgar!

Il y avait dans le rire méprisant de Gina une note de cruauté inconsciente. Elle ajouta :

— En tout cas, il est cinglé!

— Cinglé?

— Il n'y a que des cinglés à Stonygates. Je ne parle pas de Lewis, de grand-maman, de moi, des garçons... ni de Miss Bellever, bien sûr. Mais tous les autres!... Je me demande, par moments, si je ne deviens pas un peu cinglée, moi aussi, à force de vivre là.

Elles avaient quitté les abords de la gare et la voiture prenait de la vitesse sur le ruban lisse d'une route déserte. Gina jeta un petit coup d'œil de côté à sa compagne.

— Êtes-vous déjà venue à Stonygates? demanda-t-elle.

— Non. Jamais. Vous devez vous douter que j'en ai beaucoup entendu parler.

— La maison est purement affreuse, déclara Gina en riant. Une monstruosité dans le genre gothique. Ce que Stephen appelle « la meilleure époque bains-douches-reine-Victoria ». Mais elle est tout de même cocasse. Seulement, là-dedans, tout est terriblement sérieux. On tombe sur des psychiatres à tous les pas. Lewis est dans le bain jusqu'au cou. Il doit aller la semaine prochaine à Aberdeen, pour une affaire qui passe en correctionnelle. Il s'agit d'un garçon qui a déjà eu cinq condamnations.

— Ce jeune homme qui est venu me chercher à la gare, Mr. Lawson, il aide Mr. Serrocold, d'après ce qu'il m'a dit. C'est son secrétaire?

— Edgar? Il n'est pas capable de faire un secrétaire. En réalité, c'est un malade. Il s'installait dans les hôtels et tapait les clients en se faisant passer pour un héros de la guerre, un pilote de chasse, et, après, on ne le revoyait plus. Pour moi, c'est un vaurien. Mais Lewis le soumet, comme les autres, à certaines méthodes. On leur donne à tous l'impression qu'ils font partie de la famille, on leur confie des tâches à accomplir pour développer leur sens de la responsabilité. Je pense qu'un de ces jours, l'un d'entre eux nous assassinera.

Gina acheva sa phrase dans un grand éclat de rire, auquel Miss Marple ne se joignit pas.

Comme Gina l'avait dit, Stonygates était un édifice gothique de l'époque victorienne. Une espèce de temple de la ploutocratie. La philanthropie y avait ajouté des ailes et des dépendances de toute sorte qui, sans jurer absolument avec l'ensemble, lui avaient ôté toute cohésion et toute signification.

— Est-ce assez hideux? dit Gina avec une nuance d'attendrissement, en montrant cette maison où elle avait grandi. Grand-maman est sur la terrasse. Je vais vous arrêter ici, vous serez plus vite auprès d'elle.

Miss Marple longea la terrasse pour rejoindre sa vieille amie. De loin, cette femme petite et mince paraissait étonnamment jeune en dépit de la canne sur laquelle elle s'appuyait et de sa démarche lente et visiblement pénible. On aurait cru voir une jeune fille imitant, avec un peu d'exagération, la démarche d'une vieille personne.

— Jane! s'écria Mrs. Serrocold.

— Ma chère Carrie-Louise!

En effet, c'était bien Carrie-Louise, étrangement pareille à ce qu'elle était autrefois. Étrangement jeune. Elle n'usait pourtant d'aucun des artifices dont se parait sa sœur. Ses cheveux gris, jadis d'un blond cendré, avaient à peine changé de couleur. Son teint conservait la blancheur rosée d'une rose un peu fanée. Ses yeux gardaient encore le regard innocent et vif de la jeunesse et sa tête, comme autrefois, s'inclinait un peu sur le côté, comme celle d'un oiseau attentif.

— Je m'en veux, dit Carrie-Louise de sa voix très douce, d'avoir laissé passer tant d'années sans te voir. Jane, ma chérie, il y a des siècles que nous ne nous sommes retrouvées!

Bras dessus, bras dessous, les deux vieilles dames se dirigèrent vers la maison. Une personne d'un certain âge les attendait sur le seuil d'une porte latérale. Elle avait un nez arrogant sous des cheveux coupés court et portait un tailleur de tweed solide et bien coupé.

— C'est de la folie, Cara, de rester dehors aussi tard, dit-elle d'un ton agressif. Vous ne serez donc jamais raisonnable?

— Ne me grondez pas, Jolly, implora Carrie-Louise.

Elle présenta Miss Bellever à Miss Marple.

— Miss Bellever est tout pour moi : infirmière, dragon, chien de garde, secrétaire, intendante et très fidèle amie.

Juliette Bellever renifla, le bout de son nez devint tout rose, ce qui était chez elle un signe d'émotion.

— Je fais ce que je peux, dit-elle d'un ton bourru, mais, ici, c'est une maison de fous. Il n'y a pas moyen d'organiser quoi que ce soit de régulier.

— Bien sûr que non, ma petite Jolly. Je me

demande pourquoi vous essayez encore. Où installez-vous Miss Marple?

— Dans la chambre bleue. Voulez-vous que je l'y accompagne?

— C'est ça, Jolly, s'il vous plaît. Ensuite vous la ramènerez pour le thé. C'est, je crois, dans la bibliothèque qu'on le sert aujourd'hui.

Lorsqu'elle redescendit, Miss Marple trouva Carrie-Louise devant une des fenêtres de la bibliothèque.

— Quelle demeure imposante! dit Miss Marple. Je m'y sens tout à fait perdue. Avez-vous été obligés d'y apporter beaucoup de transformations pour l'installation de l'institution?

— Oh! oui, énormément. Il n'y a, en somme, que la partie centrale qui est restée ce qu'elle était : le grand hall, les pièces attenantes et celles qui sont au-dessus. Mais les deux ailes, est et ouest, ont été complètement refaites. On a élevé des cloisons pour installer des bureaux, les chambres des professeurs et tout le reste. Les garçons habitent dans le bâtiment de l'école. On le voit d'ici.

Miss Marple aperçut, à travers un rideau d'arbres, de grandes bâtisses en briques; puis son regard s'arrêta sur un couple et elle sourit en disant :

— Comme Gina est jolie!

Le visage de Carrie-Louise s'éclaira.

— N'est-ce pas? murmura-t-elle. Et c'est si bon de l'avoir de nouveau ici! Je l'ai envoyée en Amérique, chez Ruth, au début de la guerre. Cette petite s'était figuré que ça l'intéresserait de travailler pour l'armée. Et puis, elle a rencontré ce jeune homme. Ils se sont mariés au bout d'une semaine.

Miss Marple contemplait les deux jeunes gens debout au bord de la pièce d'eau.

— Ils forment un couple exceptionnel, dit-elle. Rien d'étonnant qu'elle soit tombée amoureuse de lui.

Mrs. Serrocold eut soudain l'air embarrassé.

— C'est-à-dire... Ce n'est pas celui-là son mari... C'est Stephen, le plus jeune fils de Johnnie Restarick. Il dirige notre section dramatique. Car nous avons un théâtre, nous donnons des représentations... pour encourager toutes les dispositions artistiques. Stephen est tellement enthousiaste! On n'imagine pas la vie qu'il a donnée à tout cela.

— Je vois, dit lentement Miss Marple.

Ses yeux étaient excellents et, même de loin, elle voyait fort bien le beau visage de Stephen Restarick. Il regardait Gina et parlait avec animation. Elle ne voyait pas la figure de Gina, mais il n'y avait pas à se tromper sur l'expression de celle du jeune homme.

— Ça ne me regarde pas, chère amie, dit Miss Marple, mais je pense que tu te rends compte qu'il est amoureux d'elle.

Carrie-Louise parut troublée.

— Oh! non... Oh! non... J'espère bien que non.

— Carrie-Louise, tu as toujours été dans les nuages! Ça ne fait pas l'ombre d'un doute.

Mrs. Serrocold n'eut pas le temps de répondre. Lewis entrait, venant du hall. Il tenait à la main des lettres ouvertes.

Le mari de Carrie-Louise était un petit homme qui n'avait rien d'imposant, mais dont la personnalité frappait tout de suite. Ruth avait déclaré un jour qu'il ressemblait davantage à une dynamo qu'à un être humain.

Ses préoccupations immédiates l'absorbaient d'habitude si complètement qu'il n'accordait pas la moindre attention ni aux objets ni aux personnes qui l'entouraient.

— Un coup dur, ma chérie. Ce garçon, Jack Flint, a encore fait des siennes. Tu sais que nous avions découvert chez lui la passion des trains. Nous avions pensé, Maverick et moi, que, si on lui procurait une place dans les chemins de fer, il s'y tiendrait et ferait du bon travail. Mais c'est toujours la même histoire. Il a recommencé à voler... de petits larcins, dans le bureau des expéditions. Il ne s'agit même pas d'articles qu'il pourrait garder pour lui ou vendre. Ça prouve bien que c'est psychologique.

— Lewis, voici ma vieille amie, Jane Marple.

— Oh! enchanté... Comment allez-vous? bredouilla Mr. Serrocold d'un air absent. On va certainement le poursuivre. Un gentil garçon, avec ça. Pas beaucoup de plomb dans la cervelle, mais un très gentil garçon. Il faut voir de quel taudis invraisemblable il sort. Je...

Il s'interromit brusquement et la dynamo se trouva branchée sur l'invitée.

— Miss Marple! Je suis si content que vous soyez ici pour un vrai séjour! La présence d'une amie d'autrefois va transformer l'existence de Caroline. Avec vous, elle pourra rappeler mille souvenirs. La vie qu'elle mène ici est austère à bien des points de vue... Il y a tant de tristesse dans l'histoire de ces malheureux enfants. J'espère que vous allez nous rester très longtemps.

Miss Marple était sensible au charme de cet homme et se rendait compte de la séduction qu'il avait dû exercer sur son amie. Pour Lewis Serrocold, les causes passaient évidemment avant les individus. Certaines femmes s'en seraient irritées. Mais Carrie-Louise n'était pas de celles-là.

Lorsque Lewis eut trié ses autres lettres, il dit d'un ton distrait à sa femme :

— Le thé est prêt, ma chérie.

— Je croyais que nous le prenions ici, aujourd'hui.

— Non. Il est prêt dans le hall. Les autres nous attendent.

Carrie-Louise passa son bras sous celui de Miss Marple et ils se dirigèrent vers le grand hall. Une femme d'un certain âge, un peu boulotte, trônait derrière la table à thé.

— Jane, voici Mildred, ma fille Mildred. Tu n'as pas dû la voir depuis qu'elle était une toute petite fille.

De toutes les personnes que Miss Marple avait rencontrées jusqu'alors, Mildred Strete était celle qui s'harmonisait le mieux avec la maison. Elle avait l'air respectable et un peu ennuyeux qui sied à la veuve d'un chanoine. Une femme ordinaire, avec une grosse figure inexpressive et des yeux ternes. Miss Marple se souvint qu'elle avait été une petite fille affreuse.

— Et voici Wally Hudd, le mari de Gina.

Wally était un jeune colosse, coiffé en brosse, avec un visage renfrogné. Il salua gauchement, tout en continuant à se bourrer de plum-cake.

Gina arriva bientôt avec Stephen Restarick et plusieurs autres personnes. Miss Marple était un peu ahurie et c'est avec plaisir qu'après le thé elle monta s'étendre un moment dans sa chambre.

Les convives étaient encore plus nombreux pour le dîner que pour le thé. Il y avait d'abord le jeune docteur Maverick, psychiatre ou psychologue (Miss Marple ne faisait pas très bien la différence), qui ne s'exprimait guère que dans le jargon de sa spécialité et dont la conversation était pratiquement inintelligible pour la vieille demoiselle. Ensuite, deux jeunes gens à lunettes, plus ou moins professeurs. Puis un M. Baumgarten, « thérapeute », attaché à l'institution, et enfin trois adolescents, horriblement intimidés, les trois pensionnaires dont c'était le tour, cette semaine-là, d'être les « invités de la maison ».

Après dîner, Lewis Serrocold disparut pour aller discuter certains points de service avec le docteur Maverick, dans le bureau de celui-ci. Le thérapeute et les moniteurs regagnèrent leur antre. Les trois « invités » retournèrent à l'institution. Gina et Stephen allèrent au théâtre, afin de voir si on pouvait tirer parti d'une idée qu'avait eue Gina pour un sketch. Mildred se mit à tricoter un objet indéfinissable et Miss Bellever à raccommoder des chaussettes. Wally, immobile dans un fauteuil qui ne reposait que sur ses pieds de derrière, fixait l'espace droit devant lui. Carrie-Louise et Miss Marple bavardaient en évoquant le passé et leur conversation semblait étrangement irréelle.

Seul, Edgar Lawson paraissait incapable de trouver un coin à sa convenance. Il s'asseyait, puis se relevait aussitôt. Il finit par dire assez haut :

— Je me demande s'il faut que j'aille retrouver Mr. Serrocold. Il pourrait avoir besoin de moi.

Carrie-Louise le rassura.

— Je ne le crois pas. Ce soir, il a quelques questions à examiner avec le docteur Maverick.

— Alors, je n'irai certainement pas. Il ne me viendrait jamais à l'esprit de m'imposer là où on ne désire pas ma présence. J'ai déjà perdu assez de temps aujourd'hui en allant à la gare. J'ignorais que Mrs. Hudd avait l'intention d'y aller elle-même.

— Elle aurait dû vous prévenir, dit Carrie-Louise. Mais je crois qu'elle ne s'est décidée qu'à la dernière minute.

— Vous ne vous rendez pas compte, Mrs. Serrocold, qu'elle s'est dérangée pour que j'aie l'air d'un imbécile... oui, d'un imbécile!

— Mais non, dit Carrie-Louise en souriant. Il ne faut pas vous faire des idées pareilles. Gina est impulsive, elle prend toujours ses décisions au dernier moment. Elle n'a sûrement pas eu l'intention de vous faire de la peine.

— Bien sûr que si! Elle l'a fait exprès... pour m'humilier...

— Voyons, Edgar...

— Vous ne savez pas la moitié de ce qui se passe, Mrs. Serrocold. Enfin, pour l'instant, je ne dirai rien de plus que « bonsoir »!

Edgar sortit en claquant la porte.

Miss Bellever tordit le nez.

— Quelles jolies manières!

— Il est tellement sensible! dit Carrie-Louise.

Mildred Strete posa ses aiguilles et déclara d'un ton aigre :

— C'est un garçon parfaitement odieux. Vous avez tort, mère, de tolérer cette attitude de sa part.

Wally Hudd ouvrit la bouche pour la première fois de la soirée.

— Il est cinglé, ce type-là. Il n'y a pas à chercher autre chose. Il est complètement cinglé!

Le lendemain matin, Miss Marple s'arrangea pour échapper, sans en avoir l'air, à son hôtesse et se rendit au jardin. Elle savait, par expérience, que ceux qu'un souci tourmente trouvent du soulagement à se confier à des étrangers et vont même jusqu'à les chercher pour leur parler. C'est avec cette idée qu'elle alla se promener tout tranquillement entre deux pelouses, dans une allée bien en vue. Le résultat de son petit stratagème ne se fit pas attendre; à peine cinq minutes s'étaient-elles écoulées qu'Edgar Lawson apparut, fort agité.

Elle l'accueillit gaiement.

— Bonjour, Mr. Lawson. Figurez-vous que j'adore les jardins. Jardiner, c'est à peu près la seule activité qui reste permise à une vieille femme inutile comme moi, n'est-ce pas? Et vous, aimez-vous cela?... Mais j'imagine que vous n'y pensez même pas, responsable comme vous l'êtes pour tant de choses envers Mr. Serrocold. Vous avez tant de travail, et du travail réel et important! Ce doit être très intéressant, d'ailleurs.

Il répondit avec animation, presque avec enthousiasme :

— Oh! oui!... Oui... C'est très intéressant.

— Vous devez beaucoup aider Mr. Serrocold?

Le visage du jeune homme se rembrunit.

— Ça, je n'en sais rien. Je n'ai aucun moyen de m'en assurer. Il faudrait...

Miss Marple réfléchissait tout en l'observant. Elle

avait devant elle un garçon pitoyable et malingre, vêtu d'une veste de sport correcte; un de ces garçons qu'on ne remarque pas, ou qu'on oublie vite...

Ils étaient près d'un banc, Miss Marple alla s'y asseoir. Edgar resta planté devant elle, les sourcils froncés.

— Je suis persuadée que Mr. Serrocold s'en remet à vous pour bien des choses, dit Miss Marple avec bonne humeur.

— Je n'en sais rien, répéta Edgar. Franchement, je n'en sais rien. (Il plissa le front et s'assit auprès d'elle, l'air absent.) Je me trouve dans une situation très délicate.

— Vraiment?

Edgar regardait fixement devant lui.

— Tout ce que je vous raconte est strictement confidentiel, dit-il soudain.

— Cela va de soi.

— Si je jouissais de mes droits...

— Eh bien?

— Après tout, je peux bien vous le dire... Ça n'ira pas plus loin, n'est-ce pas?

— Bien sûr que non.

Elle remarqua qu'il n'avait pas attendu sa réponse pour continuer.

— Mon père... En réalité, mon père est un homme très important.

Cette fois, elle n'avait plus besoin de rien dire. Il lui suffisait d'écouter.

— Seul Mr. Serrocold le sait. Vous comprenez, dans la situation qu'il occupe, ça pourrait être gênant pour mon père si l'histoire s'ébruitait.

Il se tourna vers elle avec un sourire, un sourire très triste et très digne.

— Voyez-vous... Je suis le fils de Winston Churchill.

— Oh!... Je comprends, dit Miss Marple.

Edgar parlait toujours et ce qu'il disait rappelait, à s'y méprendre, une réplique de comédie.

— Il y avait des raisons sérieuses. Ma mère n'était pas libre. Son mari était dans un asile. Il ne pouvait être question ni de divorce, ni de mariage. A vrai dire, je ne les blâme pas... Du moins, je le crois... Mon père a toujours fait ce qu'il a pu; discrètement, bien sûr. Et voici d'où sont venues les difficultés. Il a des ennemis... qui sont aussi contre moi. Ils ont rêussi à nous séparer. Ils me surveillent. Où que j'aille, ils m'espionnent. Même ici, je ne suis pas en sûreté. Ils sont là, eux aussi, travaillant contre moi, s'arrangeant pour que les autres me détestent. Mr. Serrocold dit que ce n'est pas vrai... Mais il ne sait pas... A moins que... J'ai cru parfois...

Il se tut et se leva.

— Vous comprenez certainement que tout cela est confidentiel? Mais, si vous vous apercevez que quelqu'un me suit... ou plutôt, m'espionne, vous pourriez peut-être me dire qui c'est.

Et il s'éloigna... Correct, tragique, insignifiant. Perplexe, Miss Marple le suivit du regard.

Quelqu'un, qui parlait auprès d'elle, l'arracha à ses réflexions.

— Cinglé! Tout bonnement cinglé.

Les mains enfoncées dans ses poches, les sourcils froncés, Walter Hudd avait les yeux fixés sur le jeune homme qui s'éloignait.

— En tout cas, dit-il, nous sommes dans une drôle de boîte. Ils sont tous sonnés, tous autant qu'ils sont.

Miss Marple se taisait. Walter continua :

— Ce type-là... Edgar. Qu'est-ce que vous en pensez? Il raconte que son père est lord Montgomery. Ça ne me paraît pas probable. Monty! D'après ce que je sais de lui, ça m'étonnerait.

— Non, dit Miss Marple. Ça ne paraît pas très probable.

— Il a raconté à Gina une tout autre histoire... Une blague comme quoi il était le véritable héritier du trône de Russie, le fils d'un grand-duc quelconque. Mais, bon sang! ce type-là ne sait donc pas qui était son père?

— Je pense que non. Et c'est de là, sans doute, que vient tout le mal, dit simplement Miss Marple.

Walter se laissa tomber sur le banc à côté d'elle et répéta ce qu'il avait dit un instant auparavant :

— Ils sont tous sonnés.

— Vous ne vous trouvez pas bien à Stonygates?

Il haussa les épaules.

— Moi? Bien? Je suis jeune, fort, je ne demande qu'à travailler, j'ai un peu d'argent, Gina aussi, d'après ce qu'elle m'a dit. Nous étions sur le point d'installer un poste d'essence, là-bas chez moi. Gina était d'accord. Nous vivions comme une paire de gosses heureux, fous l'un de l'autre, Gina a désiré venir en Angleterre pour voir sa grand-mère, ça paraissait naturel, c'était son pays, et moi-même j'avais envie de connaître l'Angleterre dont on me rebattait les oreilles. Alors, nous sommes venus juste pour un séjour, c'est du moins ce que je croyais. Mais ça a tourné tout autrement. Nous sommes pris maintenant dans cette affaire absurde. Pourquoi ne restons-nous pas ici? Pourquoi ne nous y installons-nous pas? On nous répète ça à longueur de journée. J'aurai ici des postes intéressants autant que j'en voudrai, je n'ai qu'à choisir! Joli travail! Je n'en veux pas!... Ça ne me plaît pas de donner des bonbons à ces galopins qui ne sont que des gangsters, et de les faire jouer à des jeux d'enfants. Ça n'a pas de sens! Dans cette maison, j'ai l'impression d'être pris dans une toile d'araignée géante... Et Gina... Je ne comprends pas ce qui se passe en elle... Ce n'est plus la femme que j'ai épousée en Amérique. Je ne peux même plus lui dire un mot, sacré nom!

— Je conçois parfaitement votre point de vue, dit Miss Marple avec douceur.

Wally la regarda vivement et se leva en s'excusant.

— Je suis confus de vous avoir parlé comme je viens de le faire.

Pour la première fois, Miss Marple le vit sourire. Son sourire était charmant et transformait ce Walter Hudd, gauche et maussade, en un jeune homme à la fois touchant et beau.

— Il fallait que j'éclate. Seulement, c'est malheureux que je sois tombé sur vous.

— Mais pas du tout, mon pauvre garçon!

— Tenez, voici quelqu'un d'autre pour vous tenir compagnie, dit Walter. C'est une dame qui ne m'aime pas, aussi je m'en vais. A bientôt. Merci de m'avoir écouté.

Il s'éloigna à grands pas et Miss Marple vit Mildred qui traversait la pelouse pour venir la rejoindre.

— Je vois que cet horrible jeune homme vous a prise pour victime, dit Mrs. Strete d'une voix un peu essoufflée, en s'effondrant sur le banc. Quelle tragédie, le mariage de Gina! Et tout cela vient de ce qu'on a jugé à propos de l'expédier en Amérique. A l'époque, j'ai assez dit à ma mère que c'était ridicule! Mais elle n'a jamais pu raisonner lorsqu'il s'agissait de Gina. Cette enfant a toujours été abominablement gâtée à tous les points de vue. D'abord, il n'y avait aucune nécessité de lui faire quitter l'Italie...

Elle sembla chercher par où elle allait continuer. Miss Marple dit doucement :

— Gina est délicieuse.

— Pas comme tenue, en tout cas! Ma mère est seule à ne pas remarquer la façon dont elle fait marcher Stephen Restarick. Je trouve cela ignoble. Je veux bien admettre qu'elle a fait un mariage déplorable, mais le mariage est le mariage et, du moment qu'on l'a accepté, on doit en supporter les exigences. Après tout, c'est elle qui l'a choisi, cet abominable garçon.

— Est-il tellement abominable?

— Oh! ma chère tante Jane! A moi, il me fait absolument l'effet d'un gangster. Et si hargneux! Si mal élevé! C'est à peine s'il daigne ouvrir la bouche. Il est grossier, il a toujours l'air sale...

— Je crois surtout qu'il est malheureux, dit simplement Miss Marple.

— Je ne vois pas vraiment pourquoi... A part la tenue de Gina, bien sûr. Tout ce qu'on a pu imaginer pour lui être agréable, on l'a fait depuis qu'il est ici. Lewis lui a proposé je ne sais combien de moyens qui lui permettraient de se rendre utile, mais il aime mieux traîner en faisant la tête et ne pas travailler... D'ailleurs, la vie ici est intenable... intenable, il n'y a pas d'autre mot. Lewis ne pense qu'à ses jeunes délinquants, ces affreux gamins... Et mère ne pense qu'à Lewis. Tout ce que fait Lewis est parfait. Voyez l'état de ce jardin; rien n'est taillé, des mauvaises herbes partout! Et la maison!... Le service bâclé. Je sais bien que, de nos jours, il est difficile d'avoir du personnel, mais on peut y arriver quand même. Ce n'est pas comme si on manquait d'argent. Personne ne s'en soucie, voilà tout. Si c'était ma maison...

Elle n'en dit pas davantage.

— Je crains, déclara Miss Marple, que nous ne soyons tous bien forcés d'admettre que les conditions ont changé. Ces grandes demeures posent des problèmes insolubles. Dans un sens, ce doit être triste pour vous de revenir à Stonygates et de tout y trouver changé... Vous préférez vraiment vivre ici plutôt que... enfin, plutôt que dans un endroit où vous seriez chez vous?

Mildred Strete rougit.

— Mais je suis chez moi ici. C'est mon vrai foyer. C'était la maison de mon père. On ne peut rien changer à cela. J'ai le droit d'y être si ça me fait plaisir. Et ça me fait plaisir. Si seulement mère n'était pas tellement impossible! Elle ne veut même pas s'acheter des vêtements convenables. C'est un gros souci pour Jolly.

— J'allais vous parler de Miss Bellever, justement.

— Sa présence nous donne une telle sécurité! Elle adore mère. Il y a des années maintenant qu'elle est auprès d'elle... Elle est entrée à son service du temps de John Restarick et je sais qu'elle s'est montrée parfaite pendant toute cette lamentable histoire. Je ne sais pas ce que mère ferait sans elle.

Mrs. Strete en aurait certainement dit beaucoup plus long, mais Lewis Serrocold apparut et elle se contenta d'ajouter :

— Tiens, voici Lewis. Comme c'est singulier! Il ne vient presque jamais dans le jardin.

Miss Marple, qui commençait à se blaser sur le succès de sa tactique, estima, au contraire, que ça n'avait rien de singulier du tout.

Mr. Serrocold s'avançait vers elle avec cet air de poursuivre un but unique qu'il avait en toutes circonstances. Miss Marple, seule, occupait sa pensée, et il ne voyait même pas Mildred.

— Je suis désolé, dit-il. Je voulais vous faire faire le tour de notre établissement et tout vous montrer. Caroline m'en avait prié, et, malheureusement, je suis obligé d'aller à Liverpool, à cause de l'affaire de ce garçon qui a volé des colis à la gare où il était employé. Je ne rentrerai qu'après-demain. Ce sera merveilleux si nous obtenons qu'on ne le poursuive pas.

Mildred se leva et s'éloigna en hochant la tête et en pinçant les lèvres. Serrocold ne s'aperçut même pas de son départ, il observait Miss Marple à travers d'épaisses lunettes.

— Voyez-vous, le juge se trompe presque toujours. Une condamnation à la prison ne répondrait en rien à la situation... Le redressement par l'apprentissage, voilà ce qu'il faut. Mais un apprentissage constructif comme celui qu'on trouve ici.

— Mr. Serrocold, dit résolument Miss Marple, êtes-vous vraiment tranquille sur le compte de ce jeune Lawson? Est-il tout à fait normal?

Une expression inquiète parut sur les traits de Serrocold.

— J'espère qu'il ne va pas faire une rechute. Que vous a-t-il dit?

— Il m'a dit qu'il était le fils de Winston Churchill...

— Bien sûr, bien sûr... Les histoires habituelles. C'est un enfant naturel, comme vous l'avez sans doute deviné. Pauvre gars! Il sort d'un milieu tout à fait modeste. Son cas m'a été recommandé par une œuvre de Londres. Il avait attaqué dans la rue un homme qui, prétendait-il, l'espionnait. C'est typique... Le docteur Maverick vous le dira. J'ai repris son histoire depuis le début. Sa mère appartenait à une famille pauvre, mais respectable, de Plymouth. Quant au père, un marin, elle ne savait même pas son nom... L'enfant a grandi dans des conditions pénibles. Il a échafaudé un roman, d'abord sur son père, ensuite sur lui-même. Il y a quelque temps, il se promenait en uniforme et arborait des décorations auxquelles il n'avait aucun droit. Tout cela est absolument typique. Mais Maverick estime que la prognose est encourageante, si nous parvenons à lui donner confiance en lui-même. Je lui ai laissé certaines responsabilités dans la maison; j'ai essayé de lui faire comprendre que ce qui compte pour un homme, ce n'est pas sa naissance, mais ce qu'il est. Il faisait des progrès appréciables. J'étais si content! Et maintenant, vous me dites...

Il hocha la tête.

— Mais, Mr. Serrocold, est-ce qu'il ne risque pas de devenir dangereux?

— Dangereux? Je ne crois pas qu'on ait jamais constaté chez lui de tendances au suicide.

— Ce n'est pas au suicide que je pensais. Il m'a parlé d'ennemis, de persécutions. Excusez-moi, mais n'est-ce pas là un symptôme dangereux?

— Je ne crois pas qu'il en soit arrivé à ce point, mais j'en parlerai à Maverick. Jusqu'ici, il nous avait donné de l'espoir... Beaucoup d'espoir...

Serrocold regarda sa montre.

— Il faut que je m'en aille, mais d'abord, je vais vous présenter le docteur Maverick qui vous fera visiter l'institution.

Ils traversèrent le jardin, passèrent par une porte à claire-voie et arrivèrent à la grille d'entrée de l'institution; le bâtiment, en brique rouge, était massif et hideux.

Le docteur Maverick vint à leur rencontre. Serrocold laissa Miss Marple avec lui et la vieille demoiselle estima que ce médecin avait, lui-même, l'air positivement anormal.

— Miss... heu... oh! pardon... Miss Marple, je suis persuadé que vous allez trouver ce que l'on fait ici prodigieusement intéressant... Notamment, la façon magistrale dont nous abordons le problème. Mr. Serrocold est un homme d'une intuition profonde... et qui voit très loin. Nous avons affaire à un problème médical, et c'est là ce que nous devons arriver à faire comprendre à ceux qui appliquent la loi.

Après un silence, il reprit :

— Je voudrais, en premier lieu, vous faire concevoir dans quel esprit nous abordons ce problème dès sa phase initiale. Regardez!

Miss Marple leva les yeux dans la direction qu'il

lui indiquait et lut les mots que l'on avait gravés dans la pierre au-dessus du large cintre de l'entrée :

VOUS TOUS QUI ENTREZ ICI,
REPRENEZ ESPOIR

— N'est-ce pas splendide? N'est-ce pas exactement la note qui convient? Il ne s'agit pas de les gronder, ces pauvres gosses, ni de les punir! Le châtiment!... On ne pense qu'à cela, en général. Nous, au contraire, nous voulons leur donner le sentiment de leur valeur.

— A des garçons comme Edgar Lawson? demanda Miss Marple.

— Un cas intéressant. Vous lui avez parlé?

— Il m'a parlé, dit Miss Marple, et elle ajouta avec une nuance de confusion : je me suis demandé si... peut-être... il n'était pas... un peu fou?

Le docteur Maverick éclata de rire.

— Mais, chère mademoiselle, nous sommes tous un peu fous, dit-il en s'effaçant pour la laisser entrer. C'est là le secret de l'existence! Nous sommes tous un peu fous.

Cette journée fut, dans l'ensemble, épuisante pour Miss Marple. Elle en garda le sentiment que l'enthousiasme même peut être extrêmement fatigant. Elle éprouvait un vague mécontentement d'elle-même, de ses réactions. Elle n'arrivait pas à se faire une idée nette de ce qui se passait à Stonygates. Des images se superposaient dans son esprit. Elle était inquiète. Et c'est autour de la personnalité pitoyable et terne, tout à la fois, d'Edgar Lawson, que se concentrait son inquiétude. Mais, elle avait beau chercher, elle ne voyait rien qui pût constituer une menace pour son amie. Elle croyait voir se heurter, dans la vie qu'on menait à Stonygates, les misères et les aspirations de chacun, mais encore une fois, autant qu'elle pouvait en juger, rien de tout cela ne semblait dangereux pour Carrie-Louise.

Le lendemain matin, Mrs. Serrocold vint, en marchant péniblement, s'asseoir sur le banc du jardin à côté de son amie, et lui demanda à quoi elle pensait. Miss Marple répondit sans hésiter :

— A toi, Carrie-Louise.

— Et alors?

— Réponds-moi sincèrement... Y a-t-il ici quelque chose qui te préoccupe?

Mrs. Serrocold parut surprise. Elle leva vers son amie deux yeux bleus pleins de candeur.

— Moi? Mais, Jane, qu'est-ce qui pourrait bien me préoccuper?

— Je ne sais pas, ma chérie, mais tu dois avoir, comme tout le monde, tes petits soucis. Tu vois bien ce que je veux dire.

Carrie-Louise hésita un moment.

— Mais, non, Jane, pas très bien. En somme je n'ai pas de soucis et c'est surtout à Jolly que je le dois. Chère Jolly, elle prend soin de moi comme si j'étais un bébé et incapable de me tirer d'affaire. Pour moi, elle ferait n'importe quoi. Par moments, j'en ai honte. Jane, je crois véritablement que Jolly n'hésiterait pas à assassiner quelqu'un pour moi. C'est affreux de dire ça, n'est-ce pas?

— Elle est certainement très dévouée, répondit Miss Marple.

Le rire argentin de Mrs. Serrocold retentit.

— Et les indignations qu'elle peut avoir! A son

idée, tous nos pauvres garçons ne sont que des criminels que nous dorlotons et qui ne valent pas la peine qu'on s'occupe d'eux. Elle est persuadée que cette propriété est humide et mauvaise pour mes rhumatismes, que je devrais aller en Égypte ou dans un autre climat sec et chaud.

— Tes rhumatismes te font beaucoup souffrir?

— Ça s'est beaucoup aggravé depuis quelque temps. Je marche avec peine. J'ai d'horribles crampes dans les jambes... Bah! que veux-tu? Il faut bien avoir des misères avec l'âge, conclut Mrs. Serrocold en regardant de nouveau son amie avec son délicieux sourire.

Miss Bellever parut à l'une des portes-fenêtres et vint en courant jusqu'au banc où les deux vieilles dames étaient installées.

— Un télégramme, Cara. On vient de le téléphoner : « Arriverai cet après-midi. Christian Gulbrandsen. »

— Christian! Je ne me doutais pas qu'il était en Angleterre.

— Vous voudrez sans doute lui donner l'appartement aux boiseries de chêne?

— Oui. C'est ça, Jolly. Il n'aura pas d'escalier à monter et il aime bien les pièces qui donnent sur la terrasse.

Miss Bellever fit un signe d'acquiescement et retourna vers la maison.

— Christian est mon beau-fils, le fils aîné d'Éric. En réalité, il a deux ans de plus que moi. Il habite l'Amérique. C'est un des administrateurs de la Fondation, le principal, d'ailleurs. Comme c'est ennuyeux que Lewis soit absent! Christian passe rarement plus d'une nuit ici. Il est très occupé.

***

Christian Gulbrandsen arriva dans le courant de la journée, un peu avant l'heure du thé. C'était un homme de haute taille, aux traits lourds, qui s'exprimait lentement et avec méthode. Il témoigna, en la retrouvant, la plus grande affection à Mrs. Serrocold.

— Comment va ma petite Carrie-Louise? demanda-t-il en souriant. Vous n'avez pas pris un jour, chère amie. Pas un seul!

Quelqu'un le tirait par la manche.

— Christian!

Il se retourna.

— Ah! c'est Mildred. Comment vas-tu?

— Pas bien du tout, depuis quelque temps.

— C'est ennuyeux ça... C'est très ennuyeux!

Christian Gulbrandsen et sa demi-sœur se ressemblaient beaucoup. Il y avait près de trente ans de différence entre eux et on les aurait facilement pris pour le père et la fille. Mildred, elle-même, paraissait heureuse de cette arrivée. Elle bavardait, le teint animé. A plusieurs reprises ce jour-là il avait été question de « mon frère » de « mon frère Christian », de « mon frère Mr. Gulbrandsen ».

— Et comment va la petite Gina? demanda Gulbrandsen en se tournant vers la jeune femme. Alors, vous êtes encore ici, ton mari et toi?

— Oui. Nous sommes tout à fait installés. N'est-ce pas, Wally?

— Ça en a l'air, déclara Walter.

Il avait, comme d'habitude, l'air boudeur et hostile. Un regard rapide de ses petits yeux avisés sembla suffire à Gulbrandsen pour apprécier le jeune homme.

— Et me voici de nouveau réuni avec toute la famille.

Il parlait gaiement, mais Miss Marple eut l'impression que sa bonne humeur était voulue et ne correspondait pas à ce qu'il éprouvait. Il serrait les lèvres et on le sentait préoccupé.

Lorsqu'on le présenta à Miss Marple, Gulbrandsen la considéra attentivement comme s'il voulait prendre la mesure de cette nouvelle venue, l'évaluer, en quelque sorte.

— Nous ne nous doutions pas que vous étiez en Angleterre, Christian, dit Mrs. Serrocold.

— Naturellement. Je suis parti tout à fait à l'improviste.

— Je suis désolée que Lewis soit absent. Combien de temps pouvez-vous rester?

— J'avais l'intention de repartir demain. Quand votre mari doit-il rentrer?

— Demain. Dans l'après-midi ou dans la soirée.

— Je vais donc être obligé de passer deux nuits à Stonygates.

— Si seulement vous nous aviez prévenus...

— Ma petite Carrie-Louise, je me suis décidé au dernier moment...

— Vous allez rester pour voir Lewis?

— Oui. Il est indispensable que je le voie.

Miss Bellever dit à Miss Marple :

— Mr. Gulbrandsen et Mr. Serrocold sont l'un et l'autre administrateurs de l'Institution. Les autres administrateurs sont l'évêque de Cromer et Mr. Gilfoy.

Il y avait tout lieu de croire que c'était pour une question relative à l'institution que Christian Gulbrandsen venait à Stonygates. Miss Bellever et les autres en semblaient persuadés et, pourtant, Miss Marple avait des doutes.

A plusieurs reprises, lorsqu'elle ne pouvait pas s'en apercevoir, le vieux monsieur avait posé sur Carrie-Louise un regard attentif et perplexe qui intriguait l'amie vigilante de Mrs. Serrocold. Puis, ce regard, passant aux autres, leur avait fait, sans en avoir l'air, subir un examen critique plutôt étrange.

Après le thé, Miss Marple se retira discrètement et alla s'installer, avec son tricot, dans un des fauteuils de la bibliothèque. Quelle ne fut pas sa surprise lorsque Christian Gulbrandsen entra et vint s'asseoir à côté d'elle!

— Vous êtes, je crois, une très ancienne amie de notre chère Carrie-Louise? demanda-t-il.

— Nous avons été au couvent ensemble en Italie. Il y a de ça bien des années, Mr. Gulbrandsen.

— Vraiment? Et vous avez beaucoup d'affection pour elle?

— Oui, beaucoup, dit Miss Marple avec chaleur.

— Je crois que tout le monde l'aime. Oui. j'en suis convaincu. Et c'est naturel, car c'est une femme adorable et charmante. Depuis son mariage avec mon père, nous l'avons toujours tendrement aimée, mes frères et moi. Elle a été pour nous comme une sœur très chère et, pour mon père, une épouse parfaite. Elle avait complètement adopté ses idées et n'a jamais cessé de faire passer le bien des autres avant tout.

— C'est une idéaliste, dit Miss Marple. Elle l'a toujours été.

— Une idéaliste? Oui. Oui. C'est ça. Et, par conséquent, il peut se faire qu'elle ne se rende pas exactement compte du mal qui existe dans le monde.

Le visage de Gulbrandsen était grave, Miss Marple le considéra avec étonnement.

— Et sa santé? reprit-il. Parlez-moi de sa santé.

Ce fut une nouvelle surprise pour Miss Marple.

— Elle me paraît bonne... à part les rhumatismes... ou l'arthritisme.

— Des rhumatismes? Ah! oui. Et son cœur? Son cœur est-il solide?

— Oui. Autant que je puisse le savoir, répondit Miss Marple, de plus en plus étonnée. Mais je ne l'ai retrouvée qu'hier après être restée de longues années sans la voir. Si vous voulez des précisions sur son état de santé, vous feriez mieux d'en parler à quelqu'un de la maison, à Miss Bellever, par exemple.

— A Miss Bellever... Oui. A Miss Bellever ou à Mildred.

— Ou à Mildred, en effet.

Miss Marple était un peu embarrassée. Christian la regardait fixement.

— Il n'y a pas une très grande sympathie entre la mère et la fille, à votre avis?

— Non. Je ne le crois pas.

— Moi non plus. C'est dommage... sa seule enfant. Enfin, c'est comme ça. Mais vous croyez que Miss Bellever lui est véritablement attachée?

— Je le crois.

Christian fronça les sourcils. C'est plus à lui-même qu'à Miss Marple qu'il parut s'adresser en disant :

— Il y a cette petite Gina... Elle est bien jeune. Je ne sais que faire.

Il se tut, puis reprit très simplement :

— Il est parfois bien difficile de savoir comment agir pour le mieux. Je souhaite y réussir. Je désire particulièrement éviter à Carrie-Louise, cette femme qui m'est si chère, toute souffrance et tout chagrin. Mais ce n'est pas facile... pas facile du tout.

A ce moment, Mrs. Strete entra.

— Ah! te voilà, Christian. Nous nous demandions où tu étais passé. Le docteur Maverick voudrait savoir si tu n'as rien à examiner avec lui.

— Maverick? C'est ce jeune docteur qui est arrivé récemment? Non, non. J'attendrai le retour de Lewis.

— Il est dans le cabinet de travail de Lewis. Dois-je le prévenir?

— Non. Je vais lui dire un mot.

Gulbrandsen sortit vivement. Mildred Strete le suivit d'un regard ahuri puis se tourna vers Miss Marple.

— Je me demande ce qui va de travers. Christian n'est pas comme d'habitude. Vous a-t-il dit quelque chose?

— Il s'est seulement enquis de la santé de votre mère.

— De sa santé? Pourquoi diable vous a-t-il parlé de ça?

Le ton de Mildred était aigre et une rougeur peu seyante s'était répandue sur sa grosse figure.

— Je n'en sais vraiment rien.

— La santé de ma mère est parfaite, surprenante même pour une femme de son âge... Bien meilleure que la mienne, en tout cas.

Elle se tut un instant avant d'ajouter :

— J'espère que vous le lui avez dit.

— Je ne pouvais vraiment rien lui répondre. Il me demandait quel était l'état de son cœur...

— De son cœur?

— Oui.

— Mais mère n'a rien au cœur, absolument rien.

— Je suis ravie de vous l'entendre dire, ma chère amie.

— Qu'est-ce qui a bien pu mettre ces idées extraordinaires dans la tête de Christian?

— Je n'en sais rien, dit Miss Marple.

Le jour suivant parut s'écouler sans incident, mais Miss Marple eut l'impression que l'atmosphère s'était tendue. Christian Gulbrandsen passa la matinée à visiter l'institution avec le docteur Maverick et à examiner avec lui les résultats des mesures qu'on y appliquait. Au début de l'après-midi, Gina l'emmena faire une promenade en auto et Miss Marple remarqua qu'au retour il avait décidé Miss Bellever à venir lui montrer quelque chose dans le jardin.

Miss Marple pouvait se dire qu'elle se laissait emporter par son imagination. Le seul incident troublant de la journée se produisit vers 4 heures. Elle avait plié son tricot et était partie dans le jardin faire un petit tour avant le thé. En contournant un buisson de rhododendrons, elle se trouva nez à nez avec Edgard Lawson qui arpentait l'allée avec agitation. Il parlait tout seul et faillit la faire tomber.

— Je vous demande pardon, dit-il précipitamment, et elle fut frappée par son regard étrange et fixe.

— Vous ne vous sentez pas bien, Mr. Lawson?

— Bien? Comment pourrais-je me sentir bien? J'ai reçu un coup... Un coup terrible.

— Un coup? Mais comment cela?

Le jeune homme jeta autour de lui un coup d'œil si inquiet que Miss Marple éprouva un certain malaise.

Il la regarda, perplexe.

— Est-ce que je vous le dis?... Je me le demande... Oui, je me le demande... on m'a tant espionné...

Miss Marple n'hésita pas. Elle le prit résolument par le bras en disant :

— Venez dans cette allée. Vous pouvez voir qu'il n'y a là ni arbres ni buissons. Personne ne nous entendra.

— Oui. Vous avez raison.

Il poussa un profond soupir, baissa la tête et c'est presque en chuchotant qu'il dit :

— J'ai fait une découverte... Une découverte affreuse.

— Quelle genre de découverte?

Le jeune homme se mit à trembler des pieds à la tête, il pleurait presque.

— Avoir eu confiance... avoir cru en quelqu'un!... Et c'étaient des mensonges! Rien que des mensonges! Des mensonges inventés pour m'empêcher de découvrir la vérité. Je ne peux pas supporter cette idée. C'est trop de méchanceté. Voyez-vous, cet homme... Je n'avais confiance qu'en lui... Et, maintenant, je m'aperçois que, depuis longtemps, c'est lui qui était à la base de tout! C'était lui l'ennemi, lui qui me faisait suivre et espionner! Mais il ne s'en tirera pas comme ça. Je parlerai. Je lui dirai que je suis au courant de ses machinations.

— De qui s'agit-il? demanda Miss Marple.

Edgar Lawson se redressa de toute sa taille. Il aurait pu paraître digne et même émouvant, mais il n'était que ridicule.

— Je parle de mon père.

— Lord Montgomery ou Mr. Winston Churchill?

Edgar Lawson lui jeta un regard dédaigneux.

— Ils m'ont fait croire ça pour m'empêcher de deviner la vérité. Mais, je sais maintenant. J'ai un ami, un vrai : un ami qui ne me trompe pas. Il m'a fait comprendre à quel point j'ai été bafoué. Mon père sera bien forcé de compter avec moi. Je lui montrerai que je sais la vérité. Je lui jetterai ses mensonges à la face! Nous verrons bien ce qu'il aura à répondre!

Soudain, Edgar partit à toutes jambes et disparut dans le parc.

Miss Marple reprit lentement le chemin de la maison. Une expression grave s'était répandue sur ses traits. « Nous sommes tous un peu fous, chère mademoiselle », avait déclaré le docteur Maverick.

Il lui semblait que, dans le cas d'Edgar, cette affirmation ne suffisait pas.

*
* *

Lewis Serrocold rentra à 6 h 30.

Il arrêta sa voiture près de la grille et vint à pied jusqu'à la maison en traversant le parc. Par la fenêtre de sa chambre, Miss Marple vit Christian Gulbrandsen aller à sa rencontre, et les deux hommes, après s'être serré la main, se mirent à marcher de long en large sur la terrasse.

Miss Marple avait eu soin d'apporter à Stonygates ses jumelles pour observer les oiseaux. Elle alla les chercher... Il lui semblait voir un vol de tarins autour d'un bouquet d'arbres qu'elle apercevait dans le lointain.

Comme elle ajustait ses jumelles, des détails plus proches entrèrent dans son champ visuel. Les deux hommes, tout d'abord. Elle remarqua qu'ils paraissaient fort émus l'un et l'autre. En se penchant un peu, elle perçut les bribes de leur conversation. Mais, si l'un d'entre eux avait levé la tête, il lui aurait paru évident que l'attention de cette observatrice passionnée des oiseaux était fixée sur un point sans aucun rapport avec eux.

— ... Comment épargner à Carrie-Louise cette révélation... disait Gulbrandsen.

Lorsqu'ils repassèrent sous la fenêtre, c'était Serrocold qui parlait :

— ... Si on arrive à le lui laisser ignorer. Je suis d'avis que c'est à elle qu'il faut penser avant tout.

D'autres lambeaux de phrases parvinrent encore à l'oreille de l'écouteuse : « ... Très sérieux... », « ... injustifié... », « ... une trop grosse responsabilité à prendre... », « nous devrions peut-être demander un autre avis... »

Finalement, elle entendit Christian Gulbrandsen déclarer :

— Il commence à faire frais. Rentrons.

Miss Marple quitta la fenêtre, fort perplexe. Ce qu'elle venait d'entendre était trop fragmentaire pour lui permettre de reconstituer un tout; mais cela justifiait l'appréhension vague qu'elle sentait croître en elle et dont Ruth Van Aydock lui avait parlé pour l'avoir nettement éprouvée elle-même.

Quelle que fût la menace qui planait sur Stonygates,

c'était bien Carrie-Louise qu'elle visait directement.

Une certaine contrainte pesa ce soir-là sur le dîner. Gulbrandsen, comme Lewis, était perdu dans ses pensées. Walter Hudd faisait plus que jamais la tête et, pour une fois, Gina et Stephen semblaient n'avoir pas grand-chose à se dire ou à dire aux autres convives. C'est le docteur Maverick qui entretint presque uniquement la conversation en soutenant une interminable discussion technique avec H. Baumgarten.

On passa dans le hall après le repas et Gulbrandsen s'excusa presque aussitôt de ne pas rester en expliquant qu'il avait une lettre importante à écrire.

— Avez-vous tout ce qu'il vous faut dans votre chambre? demanda Carrie-Louise.

— Oui, oui, absolument tout. Il ne me manquait qu'une machine à écrire et on me l'a apportée tout de suite. Miss Bellever s'est montrée attentive et prévenante autant qu'on peut l'être.

Il quitta le hall par la porte de gauche. Cette porte ouvrait sur un petit vestibule d'où partait l'escalier principal. Ce vestibule se prolongeait par un corridor aboutissant à un appartement composé d'une chambre et d'une salle de bain.

— Alors, Gina, on ne va pas au théâtre, ce soir? demanda Carrie-Louise lorsque Christian fut sorti.

La jeune femme secoua la tête et alla s'asseoir près de la fenêtre qui donnait sur la cour d'arrivée et sur l'avenue.

Stephen, après lui avoir jeté un coup d'œil, se dirigea vers le piano à queue. Il s'assit et se mit à jouer, en sourdine, un petit air bizarre et mélancolique. Les deux thérapeutes et le docteur Maverick prirent congé et se retirèrent. Walter tourna l'interrupteur d'une lampe de bureau, un craquement immédiat se produisit et presque toutes les lumières du hall s'éteignirent.

Walter se mit à grogner.

— Ce sacré interrupteur est encore détraqué! Je vais changer le plomb.

En le voyant s'éloigner, Carrie-Louise murmura :

— Wally est tellement adroit pour tous ces appareils électriques! Vous vous rappelez comme il a bien réparé le grille-pain?

— C'est tout ce qu'il est capable de faire, déclara Mildred Strete; et elle ajouta : Mère, avez-vous pris votre fortifiant?

Miss Bellever parut contrariée.

— J'avoue que je n'y pensais plus du tout, dit-elle.

Elle se précipita dans la salle à manger et en rapporta presque aussitôt un petit verre contenant un liquide rose. Carrie-Louise sourit et tendit docilement la main.

— Cette abominable drogue! On ne me laissera donc jamais l'oublier! dit-elle en faisant la grimace.

Mais Lewis intervint de façon assez inattendue :

— Tu ne devrais pas la prendre ce soir, ma chérie. Je ne suis pas sûr du tout qu'elle te réussisse.

Avec ce calme et cette autorité qu'on sentait toujours en lui, il prit le verre des mains de Miss Bellever et le posa sur un grand bahut gallois en chêne sculpté.

Miss Bellever se récria :

— Vraiment, Mr. Serrocold, je ne suis pas d'accord avec vous, cette fois-ci! Mrs. Serrocold va beaucoup mieux depuis...

Elle s'interrompit et se retourna, l'air mécontent.

La porte d'entrée venait de s'ouvrir si violemment qu'elle alla heurter le chambranle avec fracas. C'était Edgar Lawson qui arrivait dans le hall presque obscur, avec l'allure de la grande vedette faisant son entrée triomphale sur la scène.

Il alla se planter au milieu du parquet et prit une attitude dramatique. C'était un peu ridicule... pas tout à fait pourtant.

Il déclama sur un ton théâtral :

— Je vous ai donc découvert, ô mon ennemi!

C'est à Lewis Serrocold qu'il s'adressait. Celui-ci eut l'air légèrement surpris.

— Mais Edgar, qu'est-ce qui se passe, mon ami?

— Inutile! Vous ne pouvez pas me tromper. Vous êtes démasqué! Vous m'avez menti. Vous m'avez espionné. Vous vous êtes ligué avec mes ennemis contre moi...

— Allons, allons, mon cher enfant, du calme. Vous allez me raconter tout cela tranquillement dans mon cabinet.

Lewis le prit par le bras, lui fit traverser le hall et ils sortirent tous deux par la porte de droite. Serrocold la referma derrière lui. A peine l'avait-il fait qu'on entendit le bruit net de la clef qui tournait dans la serrure.

Miss Bellever échangea un regard avec Miss Marple. Elles avaient la même idée : ce n'était pas Mr. Serrocold qui l'avait tournée.

— A mon avis, dit âprement Miss Bellever, ce jeune homme est en train de devenir fou. C'est très dangereux.

— Il avait dans sa poche quelque chose qu'il n'arrêtait pas de tâter, dit Gina.

Stephen s'arrêta de jouer et déclara :
— Dans un film, ce serait certainement un revolver.
Miss Marple s'éclaircit la voix et dit, comme en s'excusant :
— Mais, vous savez... c'était bien un revolver.
A travers la porte close du cabinet de travail de Lewis, on avait d'abord entendu les voix, ensuite les paroles étaient devenues intelligibles, puis soudain, Edgar s'était mis à vociférer, tandis que Lewis continuait à parler sur un ton calme et raisonnable.
— Mensonges!... Mensonges!... Tout ça, ce sont des mensonges! Vous êtes mon père, je suis votre fils! Vous m'avez dépouillé. C'est à moi que cette maison devrait appartenir. Vous me haïssez! Vous ne pensez qu'à vous débarrasser de moi!
On entendit le murmure apaisant de Lewis, puis, de nouveau, la voix du fou, dont le ton montait de plus en plus... Edgar hurlait des épithètes ordurières et ne se maîtrisait évidemment plus. On percevait çà et là, quelques mots prononcés par Lewis.
— ... Du calme... Calmez-vous... Vous savez que rien de tout cela n'est exact.
Mais, loin d'apaiser le jeune homme, ces mots ne faisaient que l'exaspérer davantage.
Dans le hall, tous s'étaient tus et écoutaient, incapables de faire un mouvement, ce qui se passait derrière cette porte fermée.
— Je vous forcerai à m'écouter! glapissait Edgar. Je vous le ferai perdre, cet air d'arrogance que je vois sur votre figure! J'aurai ma revanche, c'est moi qui vous le dis. Vous me paierez tout ce que vous m'avez fait souffrir!
La voix de Lewis s'éleva tout à coup, cassante et

sèche. Elle avait perdu son impassibilité habituelle.

— Posez ce revolver!

— Edgar va tuer Lewis! cria Gina. On ne peut donc rien faire? Appeler la police? N'importe quoi?

Carrie-Louise, que cette scène ne semblait pas troubler, dit avec douceur :

— Ne t'inquiète pas, Gina. Edgar adore Lewis. Il se joue un drame à lui-même. C'est tout.

A travers la porte, le rire d'Edgar retentit, et Miss Marple dut bien admettre que c'était le rire d'un dément.

— Oui, j'ai un revolver... et il est chargé! Pas un mot! Pas un geste! Écoutez-moi jusqu'au bout. C'est vous qui avez ourdi ce complot contre moi et, maintenant, vous allez me le payer!

Il continua ainsi pendant quelques instants, comme un fou, d'une voix suraiguë.

Soudain, une détonation les fit sursauter. On aurait dit un coup de feu, mais Carrie-Louise déclara :

— Ce n'est rien... c'est dehors... dans le parc, je ne sais où.

Derrière la porte, Edgar divaguait toujours.

— Vous êtes assis là, à me regarder... à me regarder en faisant comme si ça vous était égal... Pourquoi ne vous mettez-vous pas à genoux pour me demander grâce? Je vais tirer, je vous préviens. Je vais vous tuer! Je suis votre fils, le fils méprisé que vous n'avez pas voulu reconnaître! Vous voudriez que je sois caché... bien loin. Mort peut-être? Vous m'avez fait suivre par vos espions, pourchasser par eux. Vous avez comploté contre moi... Vous, mon père!... Je ne suis qu'un bâtard, n'est-ce pas? Rien qu'un bâtard! Vous m'avez abreuvé de mensonges. Vous faisiez semblant d'être bon pour moi, et pendant ce temps... pendant ce temps... Vous n'êtes pas digne de vivre! Je ne vous laisserai pas vivre...

Un flot d'obscénités suivit cette tirade.

Miss Bellever sortit brusquement de son impassibilité et bondit jusqu'à la porte. Elle se mit à frapper à grands coups de poing sur le panneau, mais la porte était massive et, voyant qu'il était impossible de l'ébranler, elle fit demi-tour et quitta le hall précipitamment.

Edgar, après s'être interrompu, pour reprendre haleine sans doute, s'était remis à vociférer :

— Tu vas mourir! hurlait-il. Tu vas mourir maintenant! Tiens, démon! Attrape ça... et ça!

Deux détonations retentirent coup sur coup, non pas dans le parc cette fois, mais bien nettement derrière la porte fermée.

Quelqu'un, et Miss Marple eut l'impression que c'était Mildred, s'écria :

— O mon Dieu! Qu'allons-nous faire?

Dans le cabinet de Lewis, le bruit sourd d'une chute fut bientôt suivi d'un autre bruit, plus horrible encore que tout ce qu'on avait entendu jusque-là : celui d'un long et douloureux sanglot.

Quelqu'un passa devant Miss Marple et se mit à secouer la porte : c'était Stephen Restarick.

— Ouvrez! cria-t-il. Ouvrez!

Miss Bellever revint dans le hall. Elle était hors d'haleine et tenait un gros trousseau de clefs.

— Essayez d'ouvrir avec ça... dit-elle.

Au même instant, les lampes se rallumèrent et le hall, sortant du clair obscur où il était plongé, reprit son aspect réel. Derrière la porte du bureau, les sanglots fous, désespérés, semblaient ne jamais devoir finir.

Walter Hudd, qui revenait dans le hall sans se presser, s'arrêta net :

— Et alors? dit-il. Qu'est-ce qui se passe ici?

Mildred répondit en pleurant :

— Ce misérable a tué Mr. Serrocold!

— Oh! Je t'en prie, Mildred!

C'était Carrie-Louise qui parlait. Elle se leva, s'approcha de la porte du cabinet de travail et écarta gentiment Stephen.

— Laissez-moi lui parler, dit-elle.

Puis elle appela tout doucement :

— Edgar... Edgar... Ouvrez-moi, voulez-vous?

On entendit la clef s'enfoncer et tourner dans la serrure.

Quelqu'un ouvrit lentement la porte. Ce n'était pas Edgar, mais Lewis Serrocold. Il respirait bruyamment, comme s'il avait couru. Rien, à part cela, ne trahissait en lui la moindre émotion.

— Tout va bien, ma chérie, dit-il. Tout va parfaitement bien.

— Nous vous croyions mort, dit Miss Bellever d'un ton bourru.

Lewis Serrocold fronça les sourcils.

— Mais non, je ne suis pas mort, dit-il avec une nuance d'âpreté dans la voix.

Dans le cabinet de travail, on voyait Edgar Lawson écroulé près du bureau. Il haletait et sanglotait tout à la fois. Son revolver était tombé sur le parquet à côté de lui.

— Mais nous avons entendu tirer, dit Mildred.

— Eh bien! oui. Il a tiré deux fois.

— Et il vous a manqué?

— Naturellement, il m'a manqué, dit Lewis avec humeur.

Miss Marple avait l'impression que ce n'était pas si naturel que ça. Les coups avaient dû être tirés à bout portant.

— Où est Maverick? demanda Serrocold, visiblement irrité. C'est de Maverick que nous avons besoin.

— Je vais le chercher, dit Miss Bellever. Est-ce que j'appelle aussi la police?

— La police? Certainement pas!

— Mais bien sûr que si! s'écria Mildred Strete. Il faut appeler la police. Cet homme est dangereux!

— Quelle sottise! Regardez-le! Regardez-le! Pauvre gars! Est-ce qu'il a l'air dangereux?

Edgar n'avait, certes, pas l'air dangereux à ce moment-là. Jeune et pitoyable, il n'était qu'un peu écœurant.

— Jamais je n'ai voulu faire une chose pareille! gémissait-il. (Et il n'y avait plus dans sa voix la moindre affectation.) Je ne sais pas ce qui m'a pris... J'ai dû perdre la tête pour dire toutes ces horreurs! Pardon, Mr. Serrocold! Je n'ai jamais eu l'intention...

Lewis lui tapota l'épaule.

— Ça va, mon pauvre garçon. Il n'y a rien de cassé.

— Mais j'aurais pu vous tuer...

Walter Hudd traversa la pièce et alla examiner le mur derrière la table.

— Les balles sont entrées là, dit-il.

Il regarda comment étaient placés le bureau et le fauteuil, puis ajouta :

— Il ne s'en est pas fallu de beaucoup!

Soudain, il aperçut le revolver sur le parquet.

— Où diable avez-vous pris ce revolver? demanda-t-il.

— Un revolver?

Edgar considéra l'arme avec des yeux hagards.

— Ça m'a tout l'air d'être le mien, dit Walter en ramassant le revolver. C'est bien ça! Sacré nom! Espèce de vermine! Vous êtes allé le chercher dans ma chambre!

Lewis Serrocold s'interposa entre le lamentable Edgar et cet Américain à l'aspect menaçant.

— Nous aurons tout le temps d'éclaircir ça plus tard, dit-il. Ah! voici Maverick... Examinons-le, je vous prie, docteur.

Maverick s'approcha d'Edgar avec l'expression satisfaite du spécialiste devant un cas intéressant.

— Ça suffit, Edgar! dit-il avec autorité. Ça suffit, n'est-ce pas?

— C'est un fou dangereux, s'écria Mildred sur un ton acerbe; il n'y a qu'un instant, il tirait des coups de revolver et proférait des insanités. Il a failli tuer mon beau-père.

Edgar poussa un gémissement et Maverick jeta à Mildred un regard chargé de reproches.

— Faites attention, Mrs. Strete. Suivez-moi, Edgar. Le lit, un calmant, et nous reparlerons de tout ça demain matin.

Edgar se releva encore tout tremblant. Il enveloppa d'un regard incertain le jeune médecin et Mildred. Mais au même moment, Miss Bellever entra bruyamment dans le hall, les lèvres serrées, la figure congestionnée.

— Je viens de téléphoner, déclara-t-elle d'un air

sombre. La police sera ici dans quelques instants.

Edgar gémit de nouveau.

— Oh! Jolly! dit Carrie-Louise d'un ton navré.

Quant à Lewis Serrocold, il était furieux.

— Jolly, je vous avais dit que je ne voulais pas qu'on appelle la police. Il s'agit d'un cas pathologique.

— C'est possible, mais j'ai mon opinion, moi aussi, répondit Miss Bellever. En tout cas, mon devoir était d'appeler la police. Mr. Gulbrandsen est mort. On l'a tué d'un coup de revolver.

DEUXIÈME PARTIE

LA POLICE ENTRE EN SCÈNE

Quelques secondes s'écoulèrent avant que personne eût compris ce que Miss Bellever venait de dire.

— Christian assassiné! Vous n'allez pas me faire croire ça, déclara Carrie-Louise. C'est tout à fait impossible.

— Impossible? Si vous ne me croyez pas, allez voir vous-même!

Miss Bellever, les lèvres pincées, s'adressait moins à Mrs. Serrocold qu'à l'ensemble du groupe rassemblé dans le hall.

Lentement, sans conviction, Carrie-Louise fit un pas vers la porte. Lewis Serrocold la retint en posant la main sur son épaule.

— Non, ma chérie, j'y vais.

Il quitta la pièce. Le docteur Maverick regarda Edgar, hésita, puis finit par le suivre. Miss Bellever en fit autant.

Avec douceur, Miss Marple fit asseoir son amie dans un fauteuil. Le visage de Carrie-Louise exprimait sa souffrance et son émotion.

— Christian assassiné! dit-elle de nouveau.

Et on aurait cru entendre un enfant ahuri et malheureux.

Walter Hudd, toujours furieux, restait près de Lawson sans lâcher le revolver qu'il avait ramassé.

— Qui pouvait bien désirer la mort de Christian? murmura Mrs. Serrocold, anéantie.

Cette question n'appelait pas de réponse.

— Quelle bande de fous! grommela Walter entre ses dents.

Comme s'il voulait la protéger, Stephen s'était rapproché de Gina, dont le visage épouvanté était dans cette pièce, le seul élément lumineux et vivant.

Soudain, la porte d'entrée s'ouvrit, laissant pénétrer l'air froid du dehors. Un homme vêtu d'un gros pardessus parut sur le seuil. La jovialité de ses premières paroles eut quelque chose d'étrangement choquant.

— Bonsoir, tout le monde! Qu'est-ce qu'on devient par ici? Il y a un de ces brouillards sur la route!... J'ai dû rouler à l'allure d'un homme au pas.

Miss Marple sursauta et se demanda pendant un instant si elle voyait double. Le même homme ne pouvait évidemment pas, à la fois, se tenir à côté de Gina et entrer par la porte du perron. Elle se rendit vite compte qu'il ne s'agissait que d'une ressemblance et même, si on regardait avec attention, d'une ressemblance peu marquée. On voyait que ces deux hommes étaient frères. Leur air de famille était frappant, sans plus. Stephen Restarick était grand et osseux, le nouveau venu était mince. Son grand manteau à col d'astrakan épousait bien les formes d'un corps svelte. C'était un garçon magnifique et qui respirait l'aisance et l'euphorie que donne le succès.

Miss Marple remarqua qu'en entrant dans le hall, c'est Gina qu'il avait tout de suite cherchée du regard.

— Vous m'attendiez bien? Vous avez reçu mon télégramme? demanda-t-il en s'adressant à Carrie-Louise.

Il s'approcha d'elle. Presque machinalement, elle lui tendit la main. Il prit cette main et la baisa avec respect. C'était bien un affectueux hommage et non un geste de courtoisie affectée.

Elle murmura :

— Mais bien sûr, mon cher Alex. Bien sûr, seulement... Tant d'événements se sont produits...

— Des événements?

— Christian Gulbrandsen!... Mon frère Christian Gulbrandsen!... On l'a trouvé dans sa chambre... tué d'un coup de revolver.

Dans les cris poussés par Mildred Strete, Alex crut discerner un désarroi un peu surfait.

— Grand Dieu! S'agit-il d'un suicide?

— Oh! non, dit aussitôt Carrie-Louise. Ce n'est sûrement pas un suicide. De la part de Christian!... Oh! non.

— Je suis certaine que l'oncle Christian ne se serait jamais suicidé, dit Gina.

Le regard interrogateur d'Alex allait de l'un à l'autre. Son frère Stephen y répondit par un signe affirmatif et Walter Hudd par un coup d'œil un peu rancunier. Miss Marple l'intriguait, mais personne ne prit la peine de lui expliquer la présence de cette vieille demoiselle, auréolée de cheveux blancs, qui avait l'air doucement ahurie.

— Quand est-ce arrivé? demanda Alex.

— Juste avant que vous n'entriez, dit Gina. Il n'y a

pas plus de trois ou quatre minutes. Mais oui, certainement... et nous avons entendu le coup de feu... Mais nous n'y avons pas attaché d'importance...

— Pas d'importance? Comment ça?

— Voyez-vous... à ce moment-là... il se passait bien des choses, dit Gina en cherchant ses mots.

— Plutôt! dit Walter avec conviction.

Juliette Bellever entra dans le hall.

— Mr. Serrocold dit que nous devrions tous aller dans la bibliothèque, à l'exception de Mrs. Serrocold. Ce sera plus commode pour la police... C'est une terrible secousse pour vous, Cara. J'ai fait mettre des bouillottes dans votre lit. Je vais monter avec vous...

Carrie-Louise, qui s'était levée, secoua la tête.

— Je veux d'abord voir Christian, dit-elle.

— Oh! non, chère amie, n'allez pas au-devant d'une pareille émotion.

Carrie-Louise l'écarta doucement.

— Chère Jolly... vous ne comprenez pas.

Mrs. Serrocold regarda autour d'elle et dit :

— Jane, viens avec moi, veux-tu?

Miss Marple n'avait pas attendu qu'elle l'appelât. Elles se dirigèrent ensemble vers la porte. Le docteur Maverick, qui revenait, faillit les bousculer.

— Docteur, retenez-la! s'écria Miss Bellever. C'est tellement absurde!

Carrie-Louise leva vers le jeune médecin un regard tranquille, elle lui adressa même un faible sourire.

— Vous voulez le voir? dit Maverick.

— Il le faut.

— Je comprends, Mrs. Serrocold, dit-il en s'effaçant. Allez-y, si vous estimez que c'est votre devoir. Mais après, je vous en prie, laissez Miss Bellever prendre soin de vous. Pour le moment, vous ne ressentez pas encore les effets de cette commotion, mais ça ne tardera pas, je peux vous l'assurer.

— Oui, docteur, c'est vrai. Je serai tout à fait raisonnable. Viens, Jane.

La chambre de Christian Gulbrandsen avait presque l'air d'un salon. Le lit était dans une alcôve. Une porte donnait accès dans la salle de bain.

Carrie-Louise s'arrêta sur le seuil. Christian s'était assis devant le grand bureau d'acajou sur lequel était posée une machine à écrire portative. C'est là qu'il était encore, affaissé sur un côté de son fauteuil. La hauteur des accoudoirs l'avait empêché de glisser sur le tapis.

Lewis Serrocold, debout près de la fenêtre, avait un peu écarté le rideau et regardait dehors dans la nuit. Il se retourna en fronçant les sourcils.

— Ma chérie, tu n'aurais pas dû venir.

Il s'approcha vivement de sa femme et elle lui tendit la main, Miss Marple recula de quelques pas.

— Mais si, Lewis. Il fallait... que je le voie. C'est un devoir de ne pas reculer devant ce qui est.

Carrie-Louise alla lentement vers le bureau.

— Ne touche rien, dit Lewis. Il est indispensable que la police trouve tout comme nous l'avons trouvé nous-mêmes.

— Bien sûr. Alors, quelqu'un l'a tué... délibérément?

Lewis parut surpris qu'elle posât cette question.

— Oui... Je croyais que tu le savais.

— Je le savais. Christian ne se serait jamais suicidé et, étant donné son adresse, ce n'est certainement pas un accident... Il ne peut donc s'agir que... d'un meurtre.

Elle avait hésité avant de prononcer ces derniers mots.

Elle passa derrière le bureau et regarda longuement le mort. Il y avait dans ses yeux une expression tendre et douloureuse.

— Cher Christian, murmura-t-elle. Il a toujours été si bon pour moi !

Et elle ajouta en posant doucement ses doigts sur son front :

— Cher Christian ! Je vous bénis et je vous remercie.

*
* *

Lorsqu'ils arrivèrent à Stonygates, l'inspecteur Curry et ses hommes trouvèrent Miss Bellever seule dans le grand hall. Elle s'avança avec dignité.

— Je suis Juliette Bellever, la demoiselle de compagnie et la secrétaire de Mrs. Serrocold.

— C'est vous qui avez découvert le corps et qui nous avez téléphoné ?

— Oui. Presque tous les habitants de la maison sont rassemblés dans la bibliothèque dont voici la porte. Mais voulez-vous que je vous accompagne jusqu'à la chambre de Mr. Gulbrandsen ?

— S'il vous plaît, dit Curry.

Et il la suivit dans le corridor.

Les vingt minutes qui suivirent furent consacrées aux formalités d'usage. Le photographe prit les clichés nécessaires. Le médecin légiste arriva. Une demi-heure plus tard une ambulance avait emporté la dépouille mortelle de Christian Gulbrandsen et l'inspecteur Curry commençait son enquête.

Lewis Serrocold l'emmena dans la bibliothèque où un examen rapide des personnes qui s'y trouvaient lui permit de les classer dans son esprit : une vieille dame à cheveux blancs, la jolie fille qu'il avait vue se promener dans le pays au volant de sa voiture, l'Américain un peu bizarre qu'elle avait épousé, deux jeunes gens qui s'intégraient d'une manière ou d'une autre dans le tableau, et Miss Bellever, la femme de tête qui lui avait téléphoné et qui l'avait accueilli.

L'inspecteur Curry avait préparé d'avance un petit discours. Il le prononça comme il se l'était proposé.

— Je sais que tout cela est très émouvant pour vous. J'espère ne pas vous retenir trop longtemps ce soir. Nous pourrons approfondir beaucoup de choses demain. C'est Miss Bellever qui a découvert le corps de Mr. Gulbrandsen, c'est elle que je vais prier de me faire un exposé général des événements afin d'éviter trop de redites. Mr. Serrocold, si vous désirez monter auprès de Mrs. Serrocold, faites-le, je vous en prie. Lorsque j'aurai terminé avec Miss Bellever, c'est vous que je verrai. Tout cela est bien clair, n'est-ce pas? Peut-être y a-t-il une pièce plus petite où...

— Mon cabinet, Jolly, dit Serrocold.

— J'allais vous le proposer.

Elle traversa le grand hall, suivie de l'inspecteur et du sergent qui l'accompagnait.

Miss Bellever les installa et s'installa elle-même de façon commode. On aurait cru que c'était elle qu'on avait chargée de l'enquête et non l'inspecteur Curry.

Le moment vint pourtant où ce fut à lui de prendre l'initiative. Il avait une voix et des manières agréables.

C'était un homme calme et sérieux, un peu trop poli peut-être, et certaines personnes commettaient l'erreur de le sous-estimer.

— Mrs. Serrocold m'a mis au courant des faits essentiels, dit-il. Mr. Christian Gulbrandsen était le fils de feu Mr. Eric Gulbrandsen, qui a créé la Fondation Gulbrandsen, les Bourses qui portent son nom et bien d'autres choses. Il était administrateur de cette institution et il est arrivé à l'improviste hier. C'est bien ça?

— Oui.

L'inspecteur apprécia cette affirmation. Il poursuivit :

— Mr. Serrocold qui était à Liverpool, est rentré ce soir par le train de 6 h 30?

— Oui.

— Après le dîner, Mr. Gulbrandsen a déclaré qu'il avait à travailler dans sa chambre et, une fois le café servi, il s'est retiré, laissant le reste de la famille dans le hall? C'est cela?

— Oui.

— Maintenant, Miss Bellever, voulez-vous me dire exactement dans quelles conditions vous avez découvert sa mort?

Juliette Bellever s'éclaircit bruyamment la gorge.

— Il y a eu ce soir un incident assez pénible, dit-elle. Un jeune homme, un des grands nerveux qu'on soigne ici, a eu une crise et a menacé Mr. Serrocold avec un revolver. Ils étaient enfermés à clef dans cette pièce-ci. Le jeune homme a fini par tirer... Vous pouvez voir les trous faits par les balles... là dans le mur. Par bonheur, Mr. Serrocold n'a pas été atteint. Après avoir tiré, ce jeune homme s'est littéralement effondré. Mr. Serrocold m'a envoyée chercher le docteur Maverick, le médecin de l'établissement. J'ai essayé de le joindre par le téléphone intérieur ; mais il n'était pas dans sa chambre. J'ai fini par le trouver chez un de ses collègues et je lui ai fait la commission. Il est arrivé tout de suite. En revenant, je suis passée par la chambre de Mr. Gulbrandsen pour lui demander s'il voulait prendre quelque chose avant de se coucher, du lait chaud, du whisky... J'ai frappé. N'obtenant pas de réponse, j'ai ouvert la porte, et j'ai vu que Mr. Gulbrandsen était mort. C'est alors que je vous ai téléphoné.

— Comment entre-t-on dans cette maison ? Comment en sort-on ? Et comment les portes sont-elles fermées ? Quelqu'un venant du dehors aurait-il pu pénétrer sans être vu ni entendu ?

— N'importe qui aurait pu entrer par la porte latérale qui donne sur la terrasse. C'est par là qu'on passe pour aller à l'institution ou en revenir, et elle n'est fermée à clef qu'au moment où tout le monde va se coucher.

— Et il y a, si j'ai bien compris, entre deux cents et deux cent cinquante jeunes délinquants dans cet établissement ?

— Oui. Mais les bâtiments de l'institution sont bien fermés et bien surveillés. Je considère comme invraisemblable que quelqu'un ait pu en sortir sans qu'on s'en aperçoive.

— C'est ce que nous aurons à vérifier. Mr. Gulbrandsen n'aurait-il pas éveillé... dirons-nous... une certaine hostilité, ou un certain mécontentement par des mesures disciplinaires ?

Miss Bellever secoua la tête.

— Oh! non. Mr. Gulbrandsen n'avait rien à voir dans le fonctionnement de l'établissement ni dans les questions administratives.

— Quel était l'objet de sa visite?

— Je n'en ai aucune idée.

— L'absence de Mr. Serrocold l'a contrarié et il a pris tout de suite la décision d'attendre son retour?

— Oui.

— C'est donc bien Mr. Serrocold qu'il venait voir?

— Sans aucun doute. Et tout permet de croire que c'était pour une question concernant l'institution.

— Oui. C'est fort probable. A-t-il eu un entretien avec Mr. Serrocold?

— Non. Il n'en a pas eu le temps. Mr. Serrocold n'est rentré que ce soir, juste avant le dîner.

— Mais après le dîner, Mr. Gulbrandsen s'est retiré en disant qu'il avait des lettres importantes à écrire. Il n'a pas cherché à voir Mr. Serrocold en particulier?

Miss Bellever hésita avant de dire non.

— C'est assez curieux, puisqu'il avait attendu, bien que ça le gênât, le retour de Mr. Serrocold.

— Oui, c'est curieux.

L'étrangeté de ce fait semblait frapper Miss Bellever pour la première fois.

— Mr. Serrocold ne l'a pas accompagné dans sa chambre?

— Non. Il est resté dans le hall.

— A quel moment Mr. Gulbrandsen a-t-il été tué? En avez-vous une idée?

— Il se peut que nous ayons entendu le coup de revolver. Dans ce cas, il était neuf heures vingt-trois.

— Vous avez entendu un coup de revolver et ça ne vous a pas affolés?

— Nous nous trouvions dans des conditions singulières.

Miss Bellever raconta plus en détail la scène qui s'était déroulée à ce moment-là entre Edgar Lawson et Serrocold.

— De sorte que personne n'a imaginé que ce coup de feu pouvait être tiré dans la maison?

— Non. Je ne crois vraiment pas. C'était un tel soulagement de penser que ce n'était pas dans cette pièce-ci qu'on avait tiré. Ensuite, je me dis que ce bruit avait dû venir de la voiture de Mr. Restarick, mais sur le moment...

— La voiture de Mr. Restarick?

— Oui, Alex Restarick. Il est arrivé en auto, tout à l'heure... Juste après tous ces événements.

— Je vois. Lorsque vous avez découvert le corps de Mr. Gulbrandsen, avez-vous touché quoi que ce soit dans la chambre?

Cette question parut offenser Miss Bellever.

— Bien sûr que non. Je savais que rien ne devait être touché ou déplacé.

— Et maintenant, quand vous nous avez amenés dans la chambre, est-ce que tout y était exactement dans le même état qu'au moment où vous avez découvert le corps?

Miss Bellever se mit à réfléchir, elle se renversa dans son fauteuil, les yeux mi-clos. L'inspecteur supposa qu'elle avait une mémoire visuelle.

— Une chose était changée. Il n'y avait plus rien sur la machine à écrire.

— Voulez-vous dire que, lorsque vous êtes entrée

pour la première fois, il y avait sur la machine une lettre que Mr. Gulbrandsen était en train d'écrire et que cette lettre a été enlevée depuis?

— Oui. Je suis presque certaine d'avoir vu la feuille de papier blanc qui dépassait.

— Merci. Qui d'autre a pénétré dans la chambre avant notre arrivée?

— Mr. Serrocold, Mrs. Serrocold et Miss Marple.

— Qui est Miss Marple?

— C'est la vieille dame à cheveux blancs. Une amie de pension de Mrs. Serrocold. Elle est ici depuis trois ou quatre jours.

— Je vous remercie, Miss Bellever. Tout ce que vous m'avez dit est parfaitement clair. Maintenant, je vais parler à Mr. Serrocold. Mais, peut-être... Miss Marple est une personne âgée, m'avez-vous dit? Je vais la voir en premier. Comme cela, elle pourra se coucher. Ce serait un peu cruel d'obliger une vieille dame comme elle à veiller, d'autant qu'elle a dû avoir une grosse émotion, dit l'inspecteur Curry d'un ton plein de considération.

Miss Bellever sortit. L'inspecteur se mit à regarder le plafond et dit :

— Gulbrandsen?... Pourquoi Gulbrandsen?... Deux cents gamins détraqués dans l'établissement... Pas de raison pour que ce ne soit pas l'un d'entre eux qui l'ait tué. C'est même probablement l'un d'entre eux qui l'a fait. Mais pourquoi Gulbrandsen? L'étranger dans la maison?

— Nous ne savons pas encore tout, dit le sergent Lake.

— Nous ne savons encore rien, répliqua Curry.

Il se leva galamment en voyant entrer Miss Marple.

Celle-ci semblait un peu émue et il s'empressa de la mettre à son aise.

— Ne vous tracassez pas, madame.

Dans son idée, les vieilles demoiselles aimaient bien qu'on les appelle « madame ». Pour elles, les officiers de police appartiennent incontestablement aux classes inférieures de la société et ils doivent se montrer respectueux envers leurs supérieurs.

— Je sais que tout cela est très douloureux, mais il faut que nous parvenions à éclaircir cette affaire.

— Oui? Je sais, dit Miss Marple. Et c'est très difficile, n'est-ce pas, d'éclaircir quelque chose à fond. Nous ne pouvons pas regarder deux choses à la fois. Et, bien souvent, c'est celle qui ne présente aucun intérêt que nous regardons, soit par hasard, soit parce qu'on nous y contraint, nous aurions peine à le dire. On dirige notre attention sur tel point pour la détourner de tel autre. Les prestidigitateurs appellent ça « fausse direction ». Ils sont tellement habiles, ces gens-là! Vous ne trouvez pas? Je n'ai jamais compris comment ils s'y prennent avec le bocal à poissons rouges... Il n'y a vraiment pas moyen de le plier.

L'inspecteur cligna légèrement des paupières et dit d'un ton conciliant :

— C'est bien vrai, madame, Miss Bellever m'a fait le récit des événements de cette soirée. Tout cela a été fort éprouvant pour vous tous, j'en suis sûr.

— Oui... Et c'était aussi *très dramatique.*

— En premier lieu, cette scène entre Mr. Serrocold et... (il regarda les notes qu'il avait prises) cet Edgar Lawson.

— Un jeune homme très bizarre, dit Miss Marple.

J'ai tout le temps l'impression qu'il y a chez lui quelque chose qui cloche.

— Je n'en doute pas. Et ensuite, une fois cette émotion passée, la mort de Mr. Gulbrandsen. J'ai cru comprendre que vous aviez été, avec Mrs. Serrocold... voir... le corps?

— C'est exact. Elle m'a priée de l'accompagner. Nous sommes de très vieilles amies.

— Oui. Vous êtes donc allées ensemble dans la chambre de Mr. Gulbrandsen. Avez-vous remarqué, par hasard, s'il y avait une lettre ou un papier sur la machine à écrire?

— Il n'y en avait pas, dit sans hésiter Miss Marple. Je l'ai remarqué tout de suite et ça m'a paru bizarre. Mr. Gulbrandsen était assis devant la machine à écrire, par conséquent il devait taper quelque chose. Oui... Ça m'a paru tout à fait bizarre.

L'inspecteur la regarda attentivement.

— Avez-vous beaucoup causé avec Mr. Gulbrandsen depuis son arrivée?

— Fort peu.

— Il ne vous a rien dit de particulier ou de significatif?

Miss Marple réfléchit un instant.

— Il m'a interrogée sur la santé de Mrs. Serrocold et, notamment sur l'état de son cœur.

— De son cœur? A-t-elle quelque chose de ce côté-là?

— Pas que je sache.

Après un moment de silence, l'inspecteur reprit :

— Vous avez entendu un coup de feu, ce soir, pendant la querelle de Mr. Serrocold avec Lawson?

— Je ne l'ai pas entendu moi-même. Je dois vous

avouer que je suis un peu dure d'oreille, mais Mrs. Serrocold l'a entendu et a dit que c'était dehors, dans le parc.

— J'ai cru comprendre que Mr. Gulbrandsen avait quitté le hall tout de suite après le dîner.

— Oui. Il avait des lettres à écrire.

— Il n'a pas manifesté le désir d'avoir une conversation d'affaires avec Mr. Serrocold?

— Non. Mais, voyez-vous, ils avaient déjà causé un moment.

— Vraiment? Quand cela? Je croyais que Mr. Serrocold n'était rentré que juste avant le dîner?

— C'est exact, mais il est rentré à pied, à travers le parc. Mr. Gulbrandsen est allé à sa rencontre et ils se sont promenés ensemble sur la terrasse.

— Qui sait cela, en dehors de vous?

— Personne, je crois, dit Miss Marple, à moins bien sûr, que Mr. Serrocold ne l'ait dit à sa femme. J'étais justement à ma fenêtre en train de regarder... des oiseaux.

— Des oiseaux?

— Des oiseaux, répéta Miss Marple.

Et elle ajouta presque aussitôt :

— Je me demandais si ce n'étaient pas des tarins.

Les tarins n'intéressaient pas l'inspecteur Curry.

— Et... au hasard de leur promenade, demanda l'inspecteur avec diplomatie, rien de leur conversation n'est parvenu jusqu'à vous?

Un regard candide répondit au sien.

— Quelques bribes, tout au plus, dit doucement Miss Marple.

— Et ces bribes?

Miss Marple resta un moment silencieuse et finit par dire :

— Je ne sais pas quel était le sujet précis de leur conversation, mais leur principal souci était de garder Mrs. Serrocold dans l'ignorance de quelque chose. De « l'épargner », c'est le mot qu'a employé Mr. Gulbrandsen. Et Mr. Serrocold disait : « Je suis d'avis que c'est à elle qu'il faut penser avant tout. » Ils ont parlé également d'une grosse responsabilité et ils ont été d'accord pour estimer qu'ils devraient peut-être prendre un autre avis.

Elle se tut, puis ajouta :

— Je crois que vous devriez parler à Mr. Serrocold lui-même.

— C'est ce que nous ferons, madame. N'y a-t-il rien d'autre qui vous ait frappée ce soir? Quelque chose d'extraordinaire?

Miss Marple réfléchit.

— Tout était tellement extraordinaire... Vous voyez ce que je veux dire?...

— Je vois très bien.

Un détail revint à l'esprit de Miss Marple.

— Il y a eu un incident un peu singulier : Mr. Serrocold a empêché sa femme de prendre son médicament... mais c'est un détail insignifiant.

— Évidemment. Eh bien, Miss Marple, je vous remercie.

Lorsque la porte se fut refermée sur Miss Marple, le sergent Lake déclara :

— Elle est vieille, mais elle est astucieuse.

Lewis Serrocold entra et tout changea d'aspect. Il se retourna pour fermer la porte, et ce seul geste semblait assurer à l'entretien qui allait se dérouler dans cette pièce le secret le plus absolu. Il traversa le cabinet de travail et vint s'asseoir non dans le fauteuil qu'avait occupé Miss Marple, mais dans son fauteuil à lui, derrière son bureau. Miss Bellever avait tiré pour l'inspecteur un siège à côté de ce bureau, comme si, inconsciemment, elle réservait le fauteuil de Serrocold pour lui seul.

Une fois assis, Lewis regarda les deux policiers d'un air absent. Il avait les traits tirés, la figure fatiguée ; la figure d'un homme qui traversait une dure épreuve. L'inspecteur Curry en fut un peu surpris. La mort de Gulbrandsen pouvait indubitablement émouvoir Serrocold, mais il n'y avait entre eux ni intimité, ni parenté : Christian n'était que le beau-fils de sa femme.

Les rôles semblaient renversés d'une façon assez curieuse. On aurait cru que Lewis Serrocold était venu là pour présider une commission d'enquête et non pour répondre aux questions de la police. Cette impression n'était pas sans irriter Curry. Il dit, d'un ton sec :

— Voyons, Mr. Serrocold...

Lewis, toujours perdu dans ses pensées, soupira en disant :

— Comme il est difficile de savoir ce que l'on doit faire !

— C'est à nous, Mr. Serrocold, qu'il appartiendra, je crois, d'en décider. Parlons de Mr. Gulbrandsen. Si j'ai bien compris, son arrivée était imprévue ?

— Tout à fait imprévue.

— Vous ne saviez pas qu'il allait venir ?

— Je ne m'en doutais pas.

— Et vous ne vous doutez pas de la raison qui l'a amené?

— Mais si, dit tranquillement Lewis Serrocold. Je la connais très bien. Il m'en a fait part.

— Quand cela?

— Ce soir. Je suis rentré de la gare à pied. Il me guettait depuis la maison, et il est venu à ma rencontre. C'est alors qu'il m'a expliqué pourquoi il était venu.

— Pour une affaire relative à l'institution Gulbrandsen, sans doute?

— Oh! non. Ça n'avait rien à voir avec l'institution.

— Pourtant, Miss Bellever le croyait.

— Cela va de soi. C'était l'explication normale, et Gulbrandsen n'a rien fait pour la démentir, ni moi non plus.

— Pourquoi cela, Mr. Serrocold?

Lewis répondit, en pesant ses mots :

— Parce qu'il nous semblait important, à l'un et à l'autre, que rien ne transpirât de l'objet véritable de sa visite.

— Quel en était le véritable objet?

Pendant un instant Lewis Serrocold resta silencieux, puis il dit avec gravité :

— Je comprends fort bien qu'en raison de la mort... de l'assassinat de Gulbrandsen, car on ne peut douter de l'assassinat, je sois obligé de vous révéler tous les faits. Mais, franchement, j'en suis navré, pour le bonheur de ma femme et pour sa tranquillité d'esprit. Je n'ai pas de conseil à vous donner, inspecteur, mais si, dans la mesure du possible, vous voyez un moyen de lui laisser ignorer certaines choses, je vous en serai reconnaissant. Voyez-vous, Christian est venu ici tout exprès pour m'avertir que quelqu'un cherchait de propos délibéré à empoisonner ma femme.

Curry eut un haut-le-corps.

— Quoi? s'écria-t-il.

Serrocold hocha la tête.

— Eh oui! Vous devinez quel coup terrible cette révélation a été pour moi. Je n'avais aucun soupçon, mais, en écoutant Christian, j'ai réfléchi à certains symptômes éprouvés depuis peu par ma femme; ils corroborent tout à fait cette révélation. Ce qu'elle prenait pour des rhumatismes, ces crampes dans les jambes, ces douleurs, ces malaises passagers, correspondent exactement aux symptômes de l'empoisonnement par l'arsenic.

— Miss Marple nous a dit que Mr. Gulbrandsen l'avait interrogée sur la santé de Mrs. Serrocold et, en particulier, sur l'état de son cœur.

— Vraiment? C'est intéressant. Il devait croire qu'on employait un toxique dont l'action sur le cœur entraîne, à la longue, une mort subite sans éveiller de soupçons. Je crois plutôt à l'emploi de l'arsenic.

— Vous estimez que les soupçons de Mr. Gulbrandsen étaient fondés?

— Oui. D'abord, Gulbrandsen ne serait pas venu me faire part de son inquiétude s'il n'avait pas été sûr de ce qu'il avançait. C'était un homme prudent, têtu, difficile à convaincre, mais très perspicace.

— Quelles preuves avait-il?

— Nous n'avons pas eu le temps d'en parler. Je ne comprends d'ailleurs pas comment, étant en Amérique, il avait pu l'apprendre. Notre entretien a été court. Il m'a tout juste expliqué pourquoi il était venu, et nous avons décidé que ma femme devait tout ignorer jusqu'à ce que nous soyons sûrs des faits.

— Qui administrait le poison, d'après lui?

— Il ne me l'a pas dit. Et je crois vraiment qu'il ne le savait pas. Peut-être avait-il un soupçon, et, à la réflexion, je serais porté à le croire... Autrement, pourquoi l'aurait-on assassiné?

— Il n'a prononcé aucun nom devant vous?

— Aucun. Nous avons résolu d'approfondir la question et il m'a suggéré de demander l'avis et l'assistance du docteur Galbraith, l'évêque de Cromer. Le docteur Galbraith est un très vieil ami des Gulbrandsen et un des administrateurs de l'institution. Il a beaucoup d'expérience. C'est un homme d'une profonde sagesse et qui apporterait à ma femme une grande aide et un grand réconfort si... s'il devenait nécessaire de lui faire part de nos craintes. Nous comptions prendre son avis sur l'opportunité de prévenir la police.

— C'est extraordinaire! dit Curry.

— Gulbrandsen nous a quittés après dîner pour aller écrire au docteur Galbraith. Il tapait sa lettre lorsqu'il a été tué.

— Comment le savez-vous?

— Parce que j'ai retiré cette lettre de la machine à écrire. Je l'ai sur moi.

De la poche intérieure de son veston, il sortit une feuille de papier pliée en quatre et la tendit à l'inspecteur.

Celui-ci dit sèchement :

— Vous n'auriez pas dû prendre cette lettre, ni toucher à quoi que ce soit dans cette chambre.

— Je n'ai rien touché d'autre. Je sais qu'à vos yeux j'ai commis une faute impardonnable en enlevant cette lettre, mais j'étais persuadé que ma femme tiendrait à venir dans la chambre et je craignais qu'elle ne lût tout ou partie de ce qui est écrit sur cette feuille. Je reconnais mes torts, mais je crois qu'à l'occasion je recommencerais. Je ferais n'importe quoi... n'importe quoi pour éviter un chagrin à Mrs. Serrocold.

L'inspecteur n'insista pas et lut la lettre.

Cher docteur Galbraith,

Puis-je vous prier de venir à Stonygates au reçu de cette lettre, si cela ne vous est pas impossible? Je me trouve aux prises avec des événements d'une extraordinaire gravité et j'avoue ne pas savoir comment y faire face. Je connais l'affection profonde que vous portez à notre chère Carrie-Louise et le grand souci que vous cause tout ce qui peut l'affecter. Que doit-elle savoir? Que convient-il de lui laisser ignorer? Telles sont les questions auxquelles je trouve si difficile de répondre.

Pour être plus clair, j'ai tout lieu de croire que quelqu'un cherche à empoisonner lentement cette femme innocente et bonne. J'ai eu un premier soupçon lorsque...

La lettre s'arrêtait là.

— C'est à ce point qu'en était arrivé Christian Gulbrandsen quand on l'a tué, dit Curry. Mais pourquoi diable a-t-on laissé cette lettre sur la machine?

— Je ne vois que deux raisons. Ou bien le meurtrier ignorait à la fois la personnalité du destinataire et l'objet de la lettre, ou bien il n'a pas eu le temps de l'enlever. Il a entendu venir quelqu'un et a tout juste pu s'échapper sans être vu.

— Et Gulbrandsen ne vous a pas dit qui il soupçonnait ? Et même, sans vous dire de nom, il ne vous a pas dit qu'il soupçonnait quelqu'un ?

Il s'écoula peut-être une seconde avant que Lewis répondît :

— Non !

Et il ajouta ces mots un peu obscurs :

— Christian était un homme très juste.

— Comment croyez-vous que ce poison, arsenic ou autre, ait été administré ou le soit encore ?

— J'y ai réfléchi pendant que je m'habillais pour le dîner. Il me semble que le procédé le plus vraisemblable est le mélange avec un médicament. Le reconstituant que prend ma femme, par exemple. Il serait facile à n'importe qui d'ajouter de l'arsenic dans le flacon qui le contient.

— Nous emporterons ce flacon pour en faire analyser le contenu.

— J'en ai recueilli un échantillon avant le dîner, dit tranquillement Serrocold.

Il sortit d'un des tiroirs du bureau une petite bouteille pleine d'un liquide rouge.

L'inspecteur Curry eut un regard étrange pour dire :

— Vous pensez à tout, Mr. Serrocold.

— Je crois à l'utilité d'agir rapidement. Ce soir, j'ai empêché ma femme de prendre sa dose habituelle. Le verre est encore sur le bahut du hall. Le flacon est dans la salle à manger.

Curry mit ses coudes sur le bureau et, baissant la voix, dit sur un ton confidentiel et presque familier :

— Excusez-moi, Mr. Serrocold, mais pourquoi, au

juste, tenez-vous tant à cacher tout cela à Mrs. Serrocold? Avez-vous peur de l'effrayer? Pour son bien, il vaudrait certainement mieux qu'elle fût avertie.

— Oui... Oui... C'est possible. Mais je ne crois pas que vous vous rendiez exactement compte... Si on ne connaît pas ma femme, c'est assez difficile. Elle est la confiance même. On peut affirmer, en toute vérité, qu'elle ne voit, n'entend, ni ne dit jamais rien de mal. Pour elle, il serait inconcevable que quelqu'un voulût la tuer. Mais nous devons aller plus loin. Il ne s'agit pas seulement de « quelqu'un ». Il s'agit peut-être, et vous le comprenez sûrement, d'un être qui la touche de près... qui lui est très cher.

— C'est là ce que vous croyez?

— Nous sommes bien obligés d'accepter les faits. Nous avons, à deux pas d'ici, environ deux cents garçons mal développés, pervertis, qui se sont trop souvent rendus coupables d'actes de violence brutaux et dépourvus de sens. Mais, dans le cas présent, la nature même des circonstances fait qu'aucun d'entre eux ne peut être soupçonné. Celui qui emploie un poison lent participe forcément à l'intimité de la vie familiale. Pensez à ceux qui vivent dans cette maison avec ma femme : son mari, sa fille, sa petite-fille, son beau-fils, qu'elle considère comme son fils, Miss Bellever, sa dévouée compagne et amie depuis de longues années. Tous très proches, très chers. Et, pourtant, le soupçon s'impose. Est-ce l'un d'entre eux?

— Il y a des étrangers, dit lentement Curry.

— Oui... Évidemment. Il y a le docteur Maverick. Quelques membres du haut personnel, aussi, sont souvent avec nous. Il y a les domestiques. Mais, franchement, quel pourrait être leur mobile?

— Et il y a ce jeune... comment l'appelez-vous déjà?... Edgar Lawson.

— Oui. Mais il n'est là qu'en passant. Il est arrivé tout récemment. Pourquoi aurait-il fait ça? De plus, il est profondément attaché à Caroline... Comme tout le monde, d'ailleurs.

— D'accord, mais il est déséquilibré. Qu'est-ce que c'est que cette attaque à laquelle il s'est livré sur vous ce soir?

Serrocold eut un geste d'impatience.

— Un enfantillage! Il n'avait aucune intention de me faire du mal.

— Les deux trous qu'ont laissés les balles dans le mur semblent pourtant prouver le contraire. Il a tiré sur vous?

— Il n'a pas essayé de m'atteindre. Il jouait la comédie, rien de plus.

— C'est une manière plutôt dangereuse de jouer la comédie, Mr. Serrocold.

Lewis Serrocold poussa un profond soupir.

— Je crains, inspecteur, que vous ne compreniez pas de quoi il s'agit. Il faut que vous causiez avec notre psychiatre, le docteur Maverick. Edgar est un enfant naturel... Pour en moins souffrir, et pour se consoler de son origine très modeste, il s'est persuadé à lui-même qu'il est le fils d'un homme célèbre. C'est, croyez-moi, un phénomène très connu. Il était en progrès, en très grand progrès, et puis, il a eu une rechute dont j'ignore la cause. Il s'est imaginé que j'étais son père et il s'est livré à cette manifestation mélodramatique : menaces, attaque au revolver... Cela ne m'a pas inquiété le moins du monde. Après avoir tiré, il s'est effondré et s'est mis à sangloter... Le docteur Maverick l'a emmené et il lui a fait prendre un sédatif. Demain matin, il sera sans doute tout à fait normal.

— Vous ne désirez pas porter plainte contre lui?

— Ce serait la pire chose à faire... pour lui, s'entend.

— Sincèrement, Mr. Serrocold, il me semble qu'il devrait être interné. Un garçon qui tire à tort et à travers des coups de revolver sur ses semblables!... Il faut aussi penser à la société.

— Parlez-en au docteur Maverick. Il vous donnera le point de vue médical. En tout cas, ce pauvre Edgar n'a certainement pas tué Gulbrandsen. Il était enfermé dans cette pièce, et c'est moi qu'il menaçait de tuer!

— Voilà qui nous amène précisément au point que je voulais aborder, Mr. Serrocold. Nous avons examiné l'extérieur de la maison. N'importe qui pouvait entrer et tuer Mr. Gulbrandsen, puisque la porte qui donne sur la terrasse n'était pas fermée. Mais il y a, dans la maison même, un champ d'investigation plus étroit, et, d'après ce que vous venez de me dire, il semble qu'il y ait lieu de l'examiner avec une extrême attention. Qui, parmi les habitants de la maison, a bien pu tuer Mr. Gulbrandsen?

— Vous me voyez fort en peine pour vous répondre, dit lentement Serrocold. Il y a des domestiques, les membres de ma famille et nos invités. Je suppose qu'à votre point de vue, aucun d'entre eux n'est à l'abri du soupçon. Je ne puis vous dire qu'une chose : à ma connaissance, tout le monde, sauf les domestiques, était dans le grand hall lorsque Christian l'a quitté, et tant que j'y étais, personne n'en est sorti.

— Absolument personne?

Lewis fronça les sourcils dans l'effort qu'il faisait pour se souvenir.

— Ah! si. Un plomb a sauté et Walter Hudd est allé le changer.

— Mr. Hudd, c'est le jeune Américain?

— Oui. Naturellement, je ne sais pas ce qui s'est passé quand nous avons été dans mon cabinet, Edgar et moi.

L'inspecteur Curry réfléchit un instant, puis poussa un soupir.

— Dites-leur, à tous, qu'ils peuvent aller se coucher. Je leur parlerai demain.

Lorsque Serrocold les eut quittés, l'inspecteur se tourna vers Lake :

— Qu'est-ce que vous en dites?

— Il sait... ou croit savoir... qui a fait le coup.

— C'est ce que je pense aussi... Et il n'en tire aucun plaisir.

*
* *

Comme Miss Marple descendait pour le petit déjeuner le lendemain matin, Gina se précipita vers elle.

— Les policiers sont encore là, dit-elle. Cette fois, c'est dans la bibliothèque qu'ils se sont installés. Wally est littéralement fasciné par eux. Il ne comprend pas comment ils peuvent rester si calmes, si lointains. Je crois qu'il trouve tout ça passionnant. Pas moi! Ça me fait horreur! C'est abominable! Mais expliquez-moi pourquoi je suis bouleversée à ce point. Est-ce parce que je suis à moitié Italienne?

— C'est possible, dit Miss Marple, avec un gentil

sourire. En tout cas, cela explique qu'il vous soit égal de laisser voir vos sentiments.

Gina l'avait prise par le bras et l'entraînait vers la salle à manger, tout en continuant de parler.

— Jolly est d'une humeur de chien. C'est sûrement parce que les policiers ont pris les choses en main et qu'elle ne peut pas les mener tambour battant, comme elle le fait pour toute la maison. Quant à Alex et à Stephen, ils s'en fichent.

Elle prononça ces derniers mots en entrant dans la salle à manger où les deux frères finissaient de déjeuner.

— Gina, mon cœur, c'est de la méchanceté pure! s'écria Alex. Bonjour, Miss Marple. Je ne m'en fiche absolument pas. C'est à peine si je connaissais votre oncle Christian, mais c'est moi le suspect numéro un. J'espère que vous vous en rendez compte?

— Suspect? Pourquoi?

— Eh bien! voilà. Mon arrivée a coïncidé avec le moment critique, paraît-il. On a contrôlé l'heure à laquelle je suis passé devant la loge, et il paraît que j'ai mis trop de temps pour aller de là à la maison... On prétend que j'aurais très bien pu courir jusqu'à la terrasse, entrer par la porte latérale, tuer Christian et revenir au galop jusqu'à ma voiture.

— Et, en réalité, qu'est-ce que vous avez fait?

— Eh bien! croyez-moi si vous voulez, je suis resté dans ma voiture à contempler l'effet de la lumière des phares dans le brouillard en me demandant comment on pourrait réaliser cet effet-là sur la scène.

— Moi, je suis bien tranquille, dit Stephen avec son petit sourire un peu cruel. Je n'ai pas quitté le hall de toute la soirée.

Gina le regarda fixement et ses grands yeux noirs étaient pleins d'effroi.

— Mais ils ne peuvent pas supposer que c'est l'un d'entre nous le coupable! Ce n'est pas possible!

— Surtout ne dites pas que c'est le crime d'un rôdeur, dit Alex en se servant copieusement de confiture d'oranges. C'est par trop banal.

Miss Bellever entrouvrit la porte.

— Miss Marple, dit-elle, quand vous aurez fini de déjeuner, voudriez-vous aller à la bibliothèque?

— Encore vous? Avant nous tous? s'écria Gina, et elle semblait un peu vexée.

— Hein? Qu'est-ce que c'est que ça? demanda Alex. On aurait dit un coup de revolver...

— Ils tirent dans la chambre où oncle Christian a été tué, et dehors aussi. Je ne sais pas pourquoi, dit Gina.

La porte s'ouvrit de nouveau et Mildred Strete entra. Elle portait une robe noire, avec un collier de perles d'onyx. Sans regarder personne, elle dit : « Bonjour! » et s'assit.

— Du thé, s'il te plaît, Gina, dit-elle à mi-voix. Je ne mangerai qu'un peu de pain grillé.

Elle porta délicatement son mouchoir à son nez et à ses yeux et regarda les deux frères fixement, comme si elle ne les voyait pas. Stephen et Alex commençaient à se sentir mal à l'aise. Ils ne parlèrent plus qu'en chuchotant et quittèrent la pièce au bout de quelques instants.

— Pas même une cravate noire! soupira Mildred Strete, prenant aussi bien l'univers que Miss Marple à témoin.

— Ils n'avaient sans doute pas prévu qu'un

meurtre allait être commis, dit Miss Marple.

Gina étouffa un gloussement et Mildred lui jeta un regard sévère en demandant :

— Où est Walter, ce matin?

Gina rougit.

— Je ne sais pas, dit-elle. Je ne l'ai pas vu.

Elle restait raide sur sa chaise, comme un enfant pris en faute.

Miss Marple se leva.

— Je vais à la bibliothèque, déclara-t-elle.

Il n'y avait dans la bibliothèque que Lewis Serrocold. Il était debout devant la fenêtre. En entendant entrer Miss Marple, il se retourna, vint la saluer et lui tendit la main.

— J'espère, dit-il, que toutes ces émotions ne vous ont pas trop affectée. Un assassinat est une épreuve terrible pour quelqu'un qui ne s'est jamais trouvé mêlé à pareille horreur.

La modestie seule empêcha Miss Marple de lui confier qu'elle était, depuis longtemps, familiarisée avec le crime. Elle se contenta de répondre que, dans son petit village de St. Mary Mead, on était moins à l'abri du mal qu'on n'aurait pu le croire de l'extérieur.

— Il se passe des choses effroyables dans un village, je peux vous l'assurer. On a là des occasions d'étudier la nature humaine qu'on ne trouverait jamais dans une ville.

Lewis Serrocold l'écoutait avec courtoisie, mais d'une oreille seulement, et, à peine eut-elle achevé qu'il lui dit avec simplicité :

— J'ai besoin de votre aide.

— Elle vous est tout acquise, Mr. Serrocold.

— C'est pour une question qui concerne ma

femme... qui concerne Caroline, je crois que vous lui êtes sincèrement attachée.

— C'est vrai. D'ailleurs, tout le monde aime Caroline.

— Je le croyais aussi. Or, il semble bien que j'avais tort. Avec l'autorisation de l'inspecteur Curry, je vais vous révéler quelque chose que personne ne sait encore, ou pour mieux dire, dont une seule personne est au courant.

Il résuma pour elle ce qu'il avait raconté à l'inspecteur la veille au soir.

Miss Marple en fut horrifiée.

— Je ne peux pas le croire, Mr. Serrocold! Je ne peux vraiment pas le croire!

— C'est le sentiment que j'ai éprouvé lorsque Christian me l'a dit.

— J'aurais juré que notre chère Carrie-Louise n'avait pas un ennemi au monde.

— Il est inconcevable qu'elle puisse en avoir. Mais vous comprenez tout ce que cela implique? Le poison... le poison lent... cela relève du cercle familial le plus intime. Il faut que ce soit un membre de notre petit groupe, quelqu'un qui vit dans la maison.

— Si c'est vrai... Êtes-vous certain que Mr. Gulbrandsen ne se soit pas trompé?

— Christian ne s'est pas trompé. C'était un homme trop prudent pour faire une révélation de cette nature sans avoir de preuves. En outre, la police a emporté le flacon du médicament que prenait Caroline et un échantillon séparé de son contenu. Il y avait de l'arsenic dans les deux, et l'ordonnance n'en prescrivait pas. Le dosage exact prendra un certain temps mais la présence de l'arsenic est prouvée.

— Alors, ses rhumatismes... la difficulté qu'elle éprouve à marcher... tout cela...?

— Eh oui! Les crampes dans les jambes sont typiques, paraît-il. Avant votre arrivée, déjà, Caroline a souffert cruellement de l'estomac à plusieurs reprises... Antérieurement à la visite de Christian, je ne m'étais jamais figuré... Vous voyez, Miss Marple, dans quelle situation je me trouve... Dois-je en parler à Carrie-Louise?

— Oh! non, dit vivement Miss Marple.

Puis elle rougit et regarda Serrocold d'un air incertain.

— Vous êtes donc de mon avis, comme Christian Gulbrandsen d'ailleurs. En serait-il de même s'il s'agissait d'une femme ordinaire?

— Carrie-Louise n'est pas une femme ordinaire. Toute sa vie est fondée sur la confiance, sur la foi dans la nature humaine. Oh! mon Dieu, je m'exprime bien mal! Mais j'ai l'impression que tant que nous ne saurons pas...

— Précisément... Tout est là. Mais vous concevez, Miss Marple, qu'il est dangereux de garder la chose secrète.

— Et alors, vous voudriez que je... comment dire? que je veille sur elle?

— Vous êtes, voyez-vous, la seule personne à qui je puisse me fier, dit simplement Lewis Serrocold. Tout le monde ici semble lui être dévoué, mais on peut en douter. Votre amitié remonte à de nombreuses années.

— Et, de plus, je ne suis arrivée que depuis quelques jours, fit observer Miss Marple avec sagacité.

Lewis sourit.

— Justement !

— Je vais vous poser une question bien vile, dit Miss Marple avec une certaine confusion. A qui la mort de notre chère Carrie-Louise pourrait-elle profiter ?

— L'argent ! dit Serrocold d'un ton amer. C'est toujours à l'argent qu'on en revient, n'est-ce pas ?

— Dans le cas présent, c'est tout indiqué. Carie-Louise est une femme exquise, elle a beaucoup de charme, et il est inimaginable que quelqu'un puisse la détester. J'entends par là qu'elle ne peut pas avoir d'ennemi. Par conséquent, comme vous le dites, c'est toujours à l'argent qu'on en revient ; vous savez, comme moi, Mr. Serrocold, que, bien souvent, les gens sont prêts à faire n'importe quoi pour se procurer de l'argent.

— Je le sais. Naturellement, l'inspecteur Curry s'occupe déjà de ce point. Mr. Gilfoy vient aujourd'hui de Londres. Il pourra donner quelques éclaircissements. Jaimes et Gilfoy, ce sont des avocats-conseils bien connus. Le père de celui-ci était un des premiers administrateurs de la Fondation. Ils ont rédigé le testament de Caroline et celui d'Eric Gulbrandsen. Je vais vous expliquer ça en termes clairs.

— Merci. Pour moi, tout ce qui touche au droit est si déconcertant !

Lewis Serrocold fit un signe de compréhension et dit :

— Eric Gulbrandsen, après avoir doté l'institution et les diverses associations qui en dépendent, et les innombrables œuvres de charité auxquelles il s'intéressait, a laissé une somme égale à sa fille Mildred et à sa fille adoptive, Pippa, la mère de Gina. Quant au reste de son immense fortune, il en a laissé l'usufruit à Caroline, les capitaux étant gérés par les administrateurs de la Fondation Gulbrandsen.

— Et après la mort de Caroline?

— Après sa mort, la fortune devait être partagée entre Mildred et Pippa, ou leurs enfants, si elles mouraient avant leur mère.

— En somme, tout va à Mildred et à Gina.

— Caroline a également une fortune personnelle considérable, mais qui ne peut pas se comparer à celle des Gulbrandsen. Elle m'a fait donation de la moitié, il y a quatre ans. Sur l'autre moitié, elle laisse dix mille livres à Juliette Bellever et le reste sera partagé également entre Alex et Stephen Restarick.

— Oh! mon Dieu, s'écria Miss Marple, tout cela est fâcheux, bien fâcheux.

— Eh oui!

— Il n'y a pas un être dans la maison qui ne puisse souhaiter sa mort pour un motif intéressé.

— C'est vrai. Et pourtant, voyez-vous, je ne peux pas croire qu'un seul d'entre eux serait capable de commettre un meurtre. Je ne peux pas le croire. Mildred est sa fille, et elle est déjà fort bien pourvue. Gina adore sa grand-mère. Elle est généreuse et extravagante, mais elle n'a pas l'amour de l'argent. Jolly Bellever est passionnément dévouée à Caroline. Les deux Restarick aiment Caroline comme si elle était véritablement leur mère. Ils n'ont de fortune ni l'un ni l'autre, mais de jolies sommes prélevées sur les revenus de Caroline sont passées dans leurs entreprises, dans celles d'Alex en particulier. Je ne peux pas croire que l'un de ces garçons l'empoisonnerait de sang-froid pour hériter d'elle. Pour moi, Miss Marple, c'est absolument impossible.

— Il y a bien aussi le mari de Gina.

— Oui, dit gravement Serrocold. Il y a le mari de Gina.

— Au fond, vous ne savez pas grand-chose de lui, et on ne peut pas ne pas voir que ce garçon est très malheureux.

Lewis soupira.

— Il ne s'est pas adapté à la vie de Stonygates. Il n'a ni intérêt ni sympathie pour la tâche que nous essayons d'accomplir. Je sais pourtant qu'il a fait une très belle guerre.

— Ça ne veut rien dire, observa naïvement Miss Marple. La guerre est une chose et la vie quotidienne en est une autre. En réalité, je crois que, pour commettre un crime, il faut être brave... à moins que, dans bien des cas, il suffise d'être vaniteux... oui, vaniteux.

— Mais j'aurais peine à admettre que Walter Hudd eût un motif suffisant pour commettre un pareil crime.

— Croyez-vous? Il a Stonygates en horreur. Si c'est réellement de l'argent qu'il lui faut, il serait important pour lui que Gina recueillît tout ce qui doit lui revenir avant de... heu... de s'attacher définitivement à quelqu'un d'autre.

— De s'attacher à quelqu'un d'autre? répéta Serrocold avec stupeur.

L'aveuglement de ce réformateur passionné émerveilla Miss Marple.

— C'est bien ce que j'ai dit. Les deux Restarick sont amoureux d'elle, vous savez.

— Je ne crois pas, dit Lewis d'un ton indifférent.

Stephen nous est précieux à un point que vous n'imaginez pas. La façon dont il a su attirer ces gamins, les animer, les intéresser! Le mois dernier, il a donné une représentation magnifique. Mise en scène, costumes, tout y était. Ça prouve, comme je l'ai toujours dit au docteur Maverick, que c'est l'absence d'élément dramatique dans leur existence qui conduit ces enfants au crime. L'instinct naturel d'un enfant le porte à se jouer la comédie à lui-même. Maverick prétend que... Ah! oui... Maverick...

Il s'interrompit, puis reprit :

— Je veux que Maverick voie l'inspecteur au sujet d'Edgar. Cette histoire est tellement ridicule!

— Mr. Serrocold, que savez-vous exactement sur Edgar Lawson?

— Tout, répondit Lewis, d'un ton catégorique. C'est-à-dire ce qu'il est nécessaire de savoir... Ce qu'était son milieu, les conditions dans lesquelles il a grandi... Cette méfiance de soi si profondément enracinée en lui...

Miss Marple l'interrompit :

— Est-ce que Edgar Lawson n'aurait pas pu empoisonner Mrs. Serrocold?

— C'est peu vraisemblable. Il n'est ici que depuis quelques semaines. Et, de toute façon, c'est absurde. Pourquoi Edgar empoisonnerait-il ma femme? Qu'est-ce qu'il pourrait bien y gagner?

— Rien de tangible, j'en conviens. Mais qui sait s'il n'obéit pas à quelque mobile invraisemblable? Il est bizarre, vous savez.

— Vous voulez dire déséquilibré?

— Peut-être... Mais non, ce n'est pas tout à fait

ça... Je veux dire qu'il y a toujours chez lui quelque chose qui cloche.

Ce n'était pas une façon très claire d'exprimer ce qu'elle éprouvait, mais Serrocold accepta ses paroles pour ce qu'elles valaient, et répéta en soupirant :

— Il y a toujours chez lui quelque chose qui cloche ! Eh oui, pauvre gars ! Et il donnait l'impression de faire de tels progrès ! Je ne peux pas comprendre pourquoi il a eu cette rechute...

Miss Marple s'était penchée en avant avec intérêt.

— Oui. C'est ce que je me demandais. Si...

Elle fut interrompue par l'entrée de l'inspecteur Curry.

TROISIÈME PARTIE

LE SUSPECT IDÉAL

L'inspecteur Curry s'assit en face de Miss Marple et la regarda avec un sourire assez particulier.

— Ainsi, Mr. Serrocold vous a priée de jouer le rôle du chien de garde?

— Eh bien, oui, répondit Miss Marple.

Et elle ajouta en souriant, elle aussi, d'un air un peu confus :

— J'espère que ça vous est égal.

— Non seulement ça m'est égal, mais encore, je crois que c'est une très bonne idée. Mr. Serrocold sait-il à quel point vous êtes qualifiée pour tenir cet emploi?

— Je ne vous comprends pas très bien, inspecteur.

— Il ne voit en vous qu'une dame d'un certain âge, tout à fait charmante, qui a été en classe avec sa femme. Mais nous, dit l'inspecteur avec un hochement de tête significatif, nous savons que vous êtes bien autre chose que cela, Miss Marple. D'après ce que m'a raconté hier soir le superintendant Blacker, les affaires criminelles sont un peu votre spécialité. Cela posé, quel est votre point de vue? Quelle est, d'après vous, la personne qui, depuis quelque temps, a entrepris systématiquement d'empoisonner Mrs. Serrocold?

— Étant donné ce qu'est la nature humaine, on est toujours tenté, dans un cas comme celui-ci, de penser au mari, ou inversement, à la femme. Il me semble que c'est la première hypothèse qui vient à l'esprit lorsqu'il s'agit d'un empoisonnement. Vous ne croyez pas?

— Je suis tout à fait d'accord, déclara Curry.

— Mais vraiment, dans ce cas particulier, c'est différent. En toute franchise, je ne peux pas soupçonner Mr. Serrocold. Voyez-vous, inspecteur, il aime profondément sa femme.

— Sans compter le fait qu'il n'a aucun motif. Elle lui a déjà donné son argent. Et, en tout état de cause, il ne peut pas avoir tué Gulbrandsen. Pour moi, il existe un rapport entre les deux crimes, c'est indubitable. La personne qui est en train d'empoisonner Mrs. Serrocold a tué Gulbrandsen pour l'empêcher de la dénoncer. Ce qu'il nous faut découvrir maintenant, c'est ce mystérieux X... qui a eu la possibilité de tuer Gulbrandsen hier soir. Et, il n'y a pas d'erreur, notre suspect numéro un, c'est ce jeune Walter Hudd. C'est lui qui, en allumant une lampe, a fait sauter un plomb, ce qui lui a donné l'occasion de sortir du hall pour aller le remplacer. C'est pendant son absence qu'on a entendu le coup de revolver. C'est donc lui le suspect numéro un, celui qui s'est trouvé dans des conditions parfaites pour commettre le crime.

— Et le suspect numéro deux? demanda Miss Marple.

— C'est Alex Restarick, qui était seul dans sa voiture et qui a mis trop de temps pour aller de la loge à la maison.

— Et les autres?

Miss Marple s'était penchée en avant, pleine de curiosité, et elle eut soin d'ajouter :

— C'est très aimable de votre part de me révéler tout cela.

— Ce n'est pas de l'amabilité, dit Curry. J'ai besoin de votre concours. Et vous avez mis le doigt dessus en disant : « Et les autres? » Parce que, là, c'est à vous que je suis forcé de m'en remettre. Vous étiez dans le hall, hier soir, et vous pouvez me dire exactement qui en est sorti...

— A vrai dire, je n'en sais rien. Vous comprenez, nous avions tous très peur. Mr. Lawson avait absolument l'air d'un fou. Il vociférait, il hurlait des choses affreuses, et je vous assure que nous n'en perdions rien. Avec ça, la plupart des lampes étaient éteintes. Je n'ai rien remarqué d'autre.

— En somme, à votre avis, pendant la grande scène, n'importe qui aurait pu se glisser hors du hall, aller par le corridor jusqu'à la chambre de Mr. Gulbrandsen, le tuer et revenir?

— Je crois que c'était possible.

— Y a-t-il une personne dont vous puissiez dire qu'elle est restée toute la soirée dans le hall sans en bouger?

Miss Marple réfléchit.

— Je peux le dire de Mrs. Serrocold, parce que je l'observais. Elle était assise tout près de la porte du cabinet de travail, et pas une fois elle n'a quitté son siège. J'étais même surprise de la voir aussi calme.

— Et les autres personnes?

— Miss Bellever est sortie. Mais je crois... je suis presque sûre, que c'est après le coup de revolver.

Mrs. Strete?... Je n'en sais vraiment rien. Elle était assise derrière moi. Gina était à l'autre bout de la pièce, près de la fenêtre. Je crois qu'elle est restée là tout le temps, mais je n'en suis pas certaine. Stephen était au piano. Il s'est arrêté de jouer quand la querelle s'est envenimée.

— Il ne faut pas attacher trop d'importance au moment où vous avez entendu ce coup de revolver. C'est un truc que nous connaissons, dit l'inspecteur. Un coup de revolver tiré au moment où on veut faire croire que le crime a été commis. Si Miss Bellever avait mijoté quelque chose de ce genre... c'est peu probable, mais on ne sait jamais... elle aurait quitté le hall ouvertement, comme elle l'a fait, une fois que tout le monde aurait entendu la détonation. Non. Ce n'est pas le coup de feu qui peut nous fixer. Nous sommes limités par le moment où Christian a quitté le hall et celui où Miss Bellever l'a trouvé mort, et nous ne pouvons éliminer que les personnes dont nous savons pertinemment qu'elles n'ont eu aucune possibilité d'agir. Ça nous laisse Lewis Serrocold et le jeune Lawson dans le cabinet de travail et Mrs. Serrocold, dans le hall. C'est très malencontreux que Mr. Gulbrandsen ait été assassiné précisément le soir où a eu lieu cette altercation entre Serrocold et ce petit Lawson.

— Malencontreux, seulement, vous croyez? murmura Miss Marple.

— Que voulez-vous dire?

— Qu'à mon idée, cela peut ne pas être l'effet du hasard.

— Tiens, tiens! C'est là ce que vous pensez?

— N'est-ce pas, tout le monde a l'air de trouver

extraordinaire qu'Edgar Lawson ait eu subitement une rechute. Il est affligé de cet étrange complexe, appelez ça comme vous voudrez, au sujet de son père inconnu. Winston Churchill, lord Montgomery, sont aussi vraisemblables l'un que l'autre dans son état d'esprit actuel, comme le serait d'ailleurs n'importe quel homme célèbre. Mais supposez que quelqu'un lui mette dans la tête que c'est en réalité Lewis Serrocold son père, que c'est Lewis Serrocold qui l'a persécuté, qu'il devrait, en toute justice, être le prince héritier de Stonygates, pour ainsi dire. Dans l'état mental déficient où il est, il l'admettra tout de suite. Il se montera le coup, cette idée le rendra frénétique et, tôt ou tard, il fera un éclat comme celui d'hier soir. Et quelle admirable diversion! Tout le monde affolé, absorbé par la scène tragique qui se déroule, surtout si on a eu la précaution de lui mettre un revolver entre les mains.

— Le revolver de Walter Hudd, par exemple.

— Oui, dit Miss Marple, j'y ai pensé. Mais voyez-vous, Walter est renfermé, il est grognon, peu sociable, mais je ne crois vraiment pas qu'il soit bête.

— Par conséquent, vous ne croyez pas que ce soit Walter l'assassin?

— Si c'était lui, tout le monde en éprouverait sans doute un grand soulagement. Réaction cruelle, mais qui vient de ce qu'il est l'étranger.

— Et sa femme? Serait-elle soulagée, elle aussi?

Miss Marple ne répondit pas. Elle revoyait Gina et Stephen l'un à côté de l'autre auprès de la pièce d'eau, tels qu'elle les avait aperçus le premier jour. Elle pensait à Alex Restarick, cherchant avant tout Gina du regard lorsqu'il était arrivé la veille au soir. Où Gina elle-même en était-elle?

Deux heures plus tard, l'inspecteur Curry, enfoncé dans un bon fauteuil, déclarait, après s'être étiré en soupirant :

— Eh bien! voilà pas mal de terrain déblayé!

C'était également l'avis du sergent Lake.

— Les domestiques ne sont pas dans le coup, dit-il. Tous ceux qui couchent dans la maison étaient ensemble au moment critique. Les autres étaient rentrés chez eux.

Curry approuva d'un signe de tête. Il avait le cerveau fatigué après avoir interrogé des psychiatres, des professeurs, sans compter les trois jeunes « bagnards », comme il les appelait, dont c'était le tour, le soir du crime, de dîner avec la famille. Toutes les dépositions concordaient et se complétaient. Il avait gardé pour la fin le docteur Maverick, qui semblait être, autant qu'il en pût juger, le personnage le plus important de l'institution.

— Nous allons le voir maintenant, dit-il à Lake.

Le jeune médecin entra, très affairé. Il était élégant, tiré à quatre épingles, et avait l'air un peu inhumain derrière son pince-nez. Maverick confirma les déclarations de son personnel et se trouva d'accord avec Curry sur tous les points.

— Maintenant, docteur, votre emploi du temps? Pouvez-vous m'en rendre compte?

— Très facilement. J'ai noté, à votre intention, tout ce que j'ai fait avec les heures approximatives.

Le docteur Maverick avait quitté le hall à 21 h 15, en même temps que M. Lacy et le docteur Baumgarten. Ils étaient allés directement chez ce dernier, et y étaient restés, tous les trois, jusqu'au moment où Miss Bellever était arrivée en courant et avait prié le docteur Maverick de retourner dans le hall. Il était alors 21 h 30, environ. Il s'y était rendu aussitôt et avait trouvé Edgar dans un état de prostration complète.

L'inspecteur Curry fit un mouvement.

— Un instant, docteur. Ce jeune homme a-t-il vraiment une maladie mentale?

Le docteur Maverick sourit avec une supériorité désobligeante.

— Nous avons tous notre maladie mentale, inspecteur.

Réponse stupide, pensa l'inspecteur. Il savait fort bien que, pour lui, personnellement, il n'en était rien, quoi qu'il pût en être pour le docteur Maverick.

— Est-il responsable de ses actes?

— Entièrement.

— Il a donc commis de propos délibéré une tentative de meurtre en tirant sur Mr. Serrocold.

— Mais non, inspecteur. Il ne s'agit pas de ça. Lawson n'avait pas l'intention de lui faire le moindre mal. Il aime beaucoup Mr. Serrocold.

— C'est une singulière façon de le lui prouver.

Maverick sourit de nouveau. Ce sourire était éprouvant pour Curry.

— Je voudrais causer avec ce jeune homme, dit-il.

— Rien n'est plus facile. Son éclat d'hier a eu un effet cathartique. Aujourd'hui, il va beaucoup mieux. Mr. Serrocold va être très satisfait.

Curry regarda fixement le docteur Maverick, mais celui-ci était, comme toujours, d'un sérieux imperturbable.

— Avez-vous de l'arsenic? demanda l'inspecteur à brûle-pourpoint.

La question prit Maverick au dépourvu. Visiblement, il ne s'y attendait pas.

— De l'arsenic? Pourquoi de l'arsenic?

— Répondez-moi, tout simplement.

— Non. Je n'ai pas d'arsenic. Je n'en ai sous aucune forme.

— Mais vous avez des médicaments?

— Bien sûr. Des calmants, des somnifères, de la morphine..., des choses courantes.

— Est-ce vous qui soignez Mrs. Serrocold?

— Non. C'est le docteur Gunther, de Market Kimble, le médecin de la famille. Je suis docteur en médecine, naturellement, mais je n'exerce que comme psychiatre.

— Je comprends. Eh bien! docteur, je vous remercie.

Maverick referma la porte, et Curry déclara aussitôt à Lake que les psychiatres lui donnaient le torticolis.

— A la famille, maintenant, s'écria-t-il. Je vais voir tout d'abord le jeune Walter Hudd.

Walter Hudd était sur ses gardes. Il considéra l'officier de police avec une certaine méfiance, mais se montra tout prêt à collaborer avec lui.

— Il expliqua que l'installation électrique de Stonygates était très ancienne, que beaucoup de fils étaient en mauvais état et que jamais on ne conserverait une installation pareille aux États-Unis. Le plomb dont dépendaient presque toutes les lampes du hall avait sauté et il était allé voir ce qui en était. Une fois le plomb remplacé, il était revenu dans le hall.

— Combien de temps cela vous a-t-il pris?

— Ça... je ne peux pas le préciser. Les plombs sont

dans un endroit incommode. J'ai dû chercher un escabeau, une bougie... J'ai peut-être mis dix minutes, peut-être un quart d'heure.

— Avez-vous entendu un coup de revolver?

— Non. Je n'ai rien entendu de tel. Mais la porte qui donne dans le couloir de la cuisine est double et l'un des battants est capitonné.

— Bien. Et quand vous êtes revenu dans le hall, que se passait-il?

— Ils étaient tous entassés devant la porte du cabinet de Mr. Serrocold. Mrs. Strete criait que Mr. Serrocold était mort. Mais ce n'était pas vrai. Il l'avait raté, le cinglé!

— Vous avez reconnu le revolver?

— Je vous crois! C'était le mien!

— Quand l'aviez-vous vu pour la dernière fois?

— Il y a deux ou trois jours.

— Où le rangiez-vous d'habitude?

— Dans un tiroir de ma chambre.

— Qui savait qu'il était là? demanda Curry.

— On ne sait jamais ce que les gens savent ou ne savent pas, dans cette maison.

— Qu'entendez-vous par là, Mr. Hudd?

— Ils sont tous dingos.

— Oui, complètement. Mais, d'après vous, qui a pu tuer Mr. Gulbrandsen?

— Moi, à votre place, je miserais sur Alex Restarick.

— Qu'est-ce qui vous fait dire ça?

— Il en a eu la possibilité. Il était dans le parc, tout seul dans sa voiture.

— Pourquoi aurait-il tué Christian Gulbrandsen?

Walter haussa les épaules.

— Je suis un étranger. Je ne connais pas les histoires de la famille. Peut-être que le vieux avait appris sur le compte d'Alex des choses qu'il aurait pu raconter aux Serrocold.

— Et à quoi cela aurait-il abouti?

— Ils lui auraient peut-être refusé leur galette. Et pour ce qui est de faire valser les picaillons, il s'y entend!

— Vous pensez que c'est pour ses productions théâtrales?

— Il appelle ça comme ça.

— Voulez-vous insinuer que c'est pour autre chose?

Walter haussa de nouveau les épaules.

— Je n'en sais rien.

Alex Restarick se montra volubile. Il parla en faisant beaucoup de gestes avec ses mains.

— Je sais, je sais! Je suis le suspect idéal. J'arrive ici, seul, dans ma voiture et, dans l'avenue qui traverse le parc, j'ai une vision, une vision créatrice. Je ne peux pas vous demander de le comprendre. C'est impossible.

— J'y parviendrai peut-être, dit ironiquement Curry.

Mais Alex enchaîna.

— Ce sont des trucs qui vous arrivent. Il n'y a pas à chercher ni pourquoi ni comment... Un effet, une idée... et tout le reste disparaît comme les nuages. La semaine prochaine, je mets en scène *Les Nuits de Limehouse*. Et, tout d'un coup, hier soir, j'ai vu un décor étonnant... La lumière rêvée. Le rayonnement des phares semblait renvoyé par le brouillard qu'il traversait, en rejaillissant sur un amoncellement de bâtisses. Tout y était : les coups de feu, les pas précipités, le martèlement du moteur électrique... Ça pouvait aussi bien être un remorqueur sur la Tamise.

L'inspecteur l'interrompit :

— Vous avez entendu des coups de feu? Où ça?

Alex fit un geste des deux mains, des mains potelées et soignées.

— Dans le brouillard, inspecteur. C'est ça, justement, qui était merveilleux!

— Et... il ne vous est pas venu à l'idée qu'il pouvait se passer quelque chose de grave?

— De grave? Pourquoi?

— Les coups de revolver sont-ils donc si courants?

— Je savais que vous ne comprendriez pas. Ces coups de feu! Ils s'adaptaient à la scène que j'étais en train de créer. Il me fallait des coups de feu... du danger... des histoires d'opium... des trafics louches... Je me fichais bien de ce qu'ils pouvaient être dans la réalité!

— Combien de coups de feu avez-vous entendus?

— Je ne sais pas! s'écria Alex, que cette interruption agaçait. Deux, trois!... Deux très rapprochés; ça, je m'en souviens.

L'inspecteur Curry hocha la tête.

— Et ces pas précipités dont vous venez de parler, de quel côté les entendiez-vous?

— Je les percevais à travers le brouillard. Quelque part, du côté de la maison.

— Ce qui ferait supposer, dit doucement Curry, que le meurtrier de Christian Gulbrandsen venait de dehors?

— Naturellement. Qu'est-ce qui vous fait hésiter?

Vous ne vous imaginez pas qu'il venait de l'intérieur de la maison, tout de même?

Sans répondre, Curry demanda tranquillement :

— Les poisons vous intéressent-ils, Mr. Restarick?

— Les poisons? Mais, mon cher, on n'a sûrement pas empoisonné Gulbrandsen avant de lui tirer dessus! Ce serait par trop roman policier!

— On ne l'a pas empoisonné, mais vous n'avez pas répondu à ma question.

— Le poison a quelque chose de séduisant. Il est moins brutal que la balle de revolver, plus subtil que le poignard. Je n'ai pas de connaissances spéciales à ce sujet, si c'est là ce que vous voulez savoir.

— Avez-vous jamais eu de l'arsenic en votre possession?

— Sincèrement, dit Alex, je n'ai jamais beaucoup pensé à l'arsenic. On l'extrait, si je ne me trompe, des drogues qui servent à détruire les mouches et les mauvaises herbes.

— Venez-vous souvent à Stonygates, Mr. Restarick?

— Ça dépend, inspecteur. Il m'arrive de ne pas venir pendant plusieurs semaines. Mais, chaque fois que je le peux, c'est ici que je passe le week-end. J'ai toujours considéré Stonygates comme mon véritable foyer.

— Et Mrs. Serrocold vous y a encouragé?

— Jamais je ne pourrai rendre à Mrs. Serrocold ce que j'ai reçu d'elle. Sympathie, compréhension, affection...

— Et des sommes assez rondelettes, aussi, je crois?

Alex prit un air un peu dégoûté :

— Mrs. Serrocold me traite comme un fils et elle a confiance dans mon art.

— Vous a-t-elle jamais parlé de son testament?

— Certainement. Mais puis-je vous demander, inspecteur, pourquoi vous me posez toutes ces questions? Il n'y a pas d'inquiétude à avoir pour Mrs. Serrocold?

— J'espère que non, dit Curry avec gravité.

— Que diable voulez-vous dire?

— Si vous ne le savez pas, tant mieux pour vous, et... si vous le savez, vous voilà prévenu.

Lorsque Alex fut sorti, Lake se tourna vers l'inspecteur :

— En voilà des foutaises!

Curry secoua la tête.

— C'est difficile à dire. Peut-être a-t-il un véritable talent. Peut-être aime-t-il simplement la vie facile et les grands mots. On ne sait pas. Il a entendu courir; est-ce vrai? Je parierais qu'il l'a inventé.

— Pour une raison définie?

— Oui. Pour une raison très définie. Nous n'en sommes pas encore là, mais ça viendra.

— Après tout, chef, un de ces jolis cocos aurait très bien pu s'échapper en douce de l'institution. Dans le tas, il y a sûrement un ou deux monte-en-l'air, et alors...

— On voudrait nous le faire croire. C'est rudement commode. Mais, voyez-vous, Lake, je veux bien avaler mon chapeau neuf si c'est comme ça que ça s'est passé.

Stephen Restarick succéda à son frère et déclara :

— J'étais au piano, en train de tapoter en sourdine, lorsque la scène a éclaté entre Lewis et Edgar.

— Qu'en avez-vous pensé?

— Eh bien! pour être franc, je ne l'ai pas prise très au sérieux. Edgar est sujet à ce genre de crise. Le pauvre bougre, il n'est pas vraiment fou, vous savez. Toutes ces fariboles, c'est une façon de lâcher de la vapeur. La vérité, c'est que tous, tant que nous sommes, nous lui tapons sur le système... et Gina plus que les autres, naturellement.

— Gina? Vous voulez dire Mrs. Hudd? Pourquoi l'exaspère-t-elle?

— Parce que c'est une femme... et une très jolie femme, et qu'elle le trouve grotesque. Vous savez que le père de Gina est italien. Les Italiens ont une espèce de cruauté inconsciente. Ils ignorent la compassion pour les êtres vieux, laids ou anormaux. Ils les montrent du doigt en rigolant. C'est ce que Gina a fait pour le jeune Edgar. Je parle au figuré, bien sûr. Elle ne peut pas le souffrir! Il s'est montré ridicule, important, bien qu'au fond, il n'ait aucune confiance en lui-même. Il a voulu l'impressionner et il n'a réussi qu'à avoir l'air d'un imbécile. Et elle, même si ce pauvre type souffrait beaucoup, elle s'en ficherait comme d'une guigne.

— Voulez-vous insinuer qu'Edgar Lawson est amoureux de Mrs. Hudd?

— Mais bien sûr, dit Stephen avec bonne humeur. Nous le sommes tous... plus ou moins. Ça lui fait plaisir.

— Et son mari? Est-ce que ça lui fait plaisir à lui aussi?

— Il se rend vaguement compte. Mais il souffre, certainement, le pauvre vieux! Ça ne peut pas durer... je veux parler de leur ménage. Ça claquera avant longtemps. C'est une de ces histoires comme il y en a eu tant pendant la guerre.

L'inspecteur l'interrompit :

— Tout cela est fort intéressant, mais nous nous écartons de notre sujet qui est l'assassinat de Christian Gulbrandsen.

— C'est vrai. Seulement, je ne peux rien vous en dire. J'étais assis devant le piano, et je n'en ai pas bougé jusqu'au moment où cette chère Jolly s'est amenée avec un tas de vieilles clefs rouillées pour essayer d'en faire entrer une dans la serrure du cabinet de travail.

— Vous êtes resté au piano. Avez-vous continué à jouer?

— Non. Je me suis arrêté quand le ton a commencé à monter. Non parce que j'étais inquiet sur l'issue de la bagarre. Lewis a l'œil dynamique. Je ne trouve pas d'autre expression. Il lui suffisait de regarder Edgar pour le faire rentrer sous terre.

— Vraiment? Pouvez-vous me dire, Mr. Restarick, qui a quitté le hall hier soir pendant que vous... Pendant le temps qui nous intéresse?

— Wally, pour remplacer le plomb... Juliette Bellever, pour chercher une clef qui s'adapte à la serrure du cabinet de travail... C'est tout, à ma connaissance.

— Si quelqu'un d'autre était sorti, l'auriez-vous remarqué?

Stephen réfléchit.

— Probablement pas. Si quelqu'un était sorti et rentré sur la pointe des pieds, je ne l'aurais sans doute pas remarqué... Il faisait si sombre dans le hall! Et notre attention était entièrement absorbée par cette bagarre.

— Quelles sont, d'après vous, les personnes qui n'ont pas quitté le hall de toute la soirée?

— Mrs. Serrocold... Oui, et Gina. Pour ces deux-là, j'en jurerais.

— Merci, Mr. Restarick.

Stephen alla jusqu'à la porte. Là, il hésita et revint sur ses pas.

— Qu'est-ce que c'est que cette histoire d'arsenic? demanda-t-il.

— Qui vous a parlé d'arsenic?

— Mon frère.

— Ah! bien.

Stephen demanda :

— A-t-on essayé de faire absorber de l'arsenic à Mrs. Serrocold?

— Pourquoi pensez-vous à Mrs. Serrocold?

— J'ai lu, je ne sais où, un article où il était question des symptômes de l'empoisonnement par l'arsenic. On appelle ça névrite périphérique. Et ça correspond, plus ou moins, aux douleurs qu'elle éprouve depuis quelque temps. D'autre part, hier soir, Lewis lui a enlevé son reconstituant au moment où elle allait le prendre...

— Qui, à votre avis, serait capable d'administrer de l'arsenic à Mrs. Serrocold?

Un sourire étrange et fugitif parut un instant sur le beau visage de Stephen Restarick.

— Pas celui que vous pourriez croire. Vous pouvez, sans hésiter, rayer le mari. Lewis Serrocold n'aurait rien à y gagner. Et, d'autre part, il adore sa femme. Il ne peut même pas supporter qu'elle ait mal au petit doigt.

— Qui, alors? Avez-vous une idée?

— Oh! oui. Je peux même dire une certitude.

— Veuillez vous expliquer.

Stephen secoua la tête.

— C'est une certitude psychologique. Je n'ai aucune preuve d'aucune sorte. Et vous ne seriez probablement pas d'accord.

Après avoir prononcé ces mots sur un ton indifférent, Stephen Restarick sortit de la pièce.

L'inspecteur Curry dessinait des chats sur la feuille de papier qu'il avait devant lui. Trois idées différentes s'entrecroisaient dans son esprit :

a) Stephen Restarick avait une haute opinion de lui-même;

b) Stephen Restarick et son frère présentaient un front unique;

c) Stephen Restarick était un très beau garçon, tandis que Walter était laid.

Deux autres points laissaient l'inspecteur indécis : premièrement : qu'entendait Stephen par « certitude psychologique »?... Et deuxièmement : assis sur le tabouret du piano, pouvait-il voir Gina? Curry ne le croyait pas.

Dans la pénombre de la bibliothèque, Gina apportait un éclat exotique. L'inspecteur Curry lui-même cligna les yeux en voyant entrer cette radieuse jeune femme. Elle s'assit, mit ses deux coudes sur la table et dit, non sans curiosité :

— Et alors?

Elle était vêtue d'une chemise rouge et d'un pantalon vert bouteille.

— Je vois que vous n'êtes pas en deuil, Mrs. Hudd, dit Curry un peu sèchement.

— Je n'ai pas de vêtements de deuil. Tout le monde

est censé avoir une petite robe noire à porter avec des perles. Mais pas moi! J'ai le noir en horreur. Je trouve ça hideux. Il n'y a que les caissières, les femmes de ménage et les gens comme ça qui devraient porter du noir. D'ailleurs, il n'y avait aucune parenté entre Christian Gulbrandsen et moi. Ce n'était que le beau-fils de ma grand-mère.

— Je pense que vous ne le connaissiez pas beaucoup?

— Non. Il est venu ici trois ou quatre fois quand j'étais petite. Pendant la guerre, j'étais en Amérique, et il n'y a que six mois que je suis revenue vivre ici.

— Vous êtes revenue à Stonygates pour y vivre? Ce n'est pas simplement un séjour que vous y faites?

— Je n'y ai pas encore vraiment réfléchi.

— Cette scène d'hier soir, Mrs. Hudd... Qui était dans le hall pendant qu'elle se déroulait?

— Nous y étions tous... excepté l'oncle Christian, bien sûr.

— Pas tous, Mrs. Hudd. On entrait... on sortait...

— Vous croyez? dit Gina d'un ton vague.

— Votre mari, par exemple, est sorti pour remplacer un plomb.

— En effet, Wally est épatant pour tous les bricolages.

— Pendant son absence on a entendu un coup de feu, paraît-il, et vous avez tous cru que ça venait du parc.

— Je ne m'en souviens pas... Ah! oui!... les lampes s'étaient rallumées et Wally était déjà revenu.

— Est-ce que quelqu'un d'autre a quitté le hall?

— Je ne crois pas... Je ne m'en souviens pas.

— Où étiez-vous assise?

— Au bout du hall, près de la fenêtre.
— A côté de la porte de la bibliothèque?
— Oui.
— Vous-même, avez-vous quitté le hall?
— Moi?... Avec tout ce qui se passait? Bien sûr que non.
Cette seule idée semblait scandaliser Gina.
— Les autres personnes, où étaient-elles assises?
— Pour la plupart autour de la cheminée. Tante Mildred tricotait et tante Jane, c'est-à-dire Miss Marple, aussi. Grand-maman n'avait pas d'ouvrage.
— Et Mr. Stephen Restarick?
— Au commencement, il jouait du piano. Après, je ne sais pas.
— Et Miss Bellever?
— Elle tournicotait, comme d'habitude. Elle ne s'assoit pour ainsi dire jamais. Elle cherchait des clefs ou je ne sais quoi... Qu'est-ce que c'est que cette histoire du remède de grand-maman? demanda brusquement Gina. Est-ce que le pharmacien s'est trompé en le préparant, ou quoi?
— Qu'est-ce qui vous fait croire ça?
— La bouteille a disparu. Jolly en était malade. Elle a tout mis sens dessus dessous pour tâcher de la retrouver. J'ai cru qu'elle en deviendrait folle. Alex a dit que c'était la police qui l'avait prise. C'est vrai?
Sans répondre à cette question, l'inspecteur en posa une autre.
— Vous dites que Miss Bellever était bouleversée?
— Jolly fait toujours des chichis à n'en plus finir, dit Gina d'un ton insouciant. Elle aime ça. Je me demande parfois comment ma grand-mère peut la supporter.

— Une dernière question, Mrs. Hudd. Qui a bien pu tuer Christian Gulbrandsen? En avez-vous la moindre idée?

— Moi, je crois que c'est un des dingos. Les vrais durs ont du bon sens. Ils ne cassent la figure aux gens que pour pouvoir vider la caisse, se procurer de l'argent ou des bijoux, jamais pour le plaisir. Mais les dingos, vous savez, ceux qu'ils appellent les « mentalement inadaptés ». Ils seraient très capables de le faire pour s'amuser. Vous ne croyez pas? Je ne vois pas pour quelle raison ils auraient tué l'oncle Christian, si ce n'est pas pour s'amuser mais...

— Vous voulez dire sans motif?

— Oui. C'est ça. Merci. On n'a rien volé, n'est-ce pas?

— Mais, vous savez, Mrs. Hudd, à cette heure-là les bâtiments de l'institution étaient fermés, les portes verrouillées; personne ne pouvait sortir sans laissez-passer.

— Vous croyez ça? s'écria Gina en éclatant de rire. Ces gars-là sortiraient de n'importe où! Je vous assure qu'ils m'en ont appris des trucs!

— Elle est rigolote! dit Lake lorsque Gina eut quitté la bibliothèque. C'est la première fois que je la vois de près... Elle est rudement bien roulée! Une silhouette d'étrangère... Vous voyez ce que je veux dire?

Curry lui jeta un regard sévère. Lake se hâta de déclarer que Mrs. Hudd n'engendrait pas la mélancolie.

— On dirait qu'avec tout ça, elle ne s'est pas ennuyée une minute.

— J'ignore si Stephen a raison quand il parle de

divorce, reprit l'inspecteur. Mais elle a pris soin de nous dire que Walter Hudd était revenu dans le hall lorsqu'on a entendu le coup de revolver.

— Et d'après tous les autres, c'est faux.

— Hé oui!

— Elle n'a pas dit non plus que Miss Bellever avait quitté le hall pour aller chercher les clefs.

— Non, c'est vrai, dit l'inspecteur après avoir réfléchi.

Mrs. Strete paraissait beaucoup plus à sa place dans la bibliothèque que Gina Hudd, quelques instants plus tôt. Sa robe noire, sa broche en onyx, le filet qui enveloppait ses cheveux gris bien tirés, n'avaient rien d'exotique. L'inspecteur Curry se dit qu'elle avait exactement l'air que doit avoir la veuve d'un chanoine de l'Église Établie... et c'était presque extraordinaire : si peu de gens ont l'air de ce qu'ils sont en réalité! Même la ligne droite que dessinaient ses lèvres serrées avait quelque chose d'ascétique et de clérical. Curry estima que Mrs. Strete incarnait l'endurance chrétienne, peut-être la force d'âme chrétienne, mais non la charité chrétienne. De plus, il lui parut évident qu'elle était vexée.

— Je pensais que vous m'auriez fait dire vers quelle heure vous désiriez me voir, inspecteur. J'ai dû rester là, à attendre, toute la matinée.

Elle se faisait une haute idée de son importance et on la sentait blessée dans son orgueil. Curry le comprit et s'empressa de verser de l'huile sur la mer démontée.

— Veuillez m'excuser, Mrs. Strete. Vous n'êtes pas très au courant de nos méthodes en pareil cas. Nous commençons par recueillir les témoignages les moins importants... Nous nous en débarrassons, pour ainsi dire. Il est précieux pour nous de parler en dernier lieu à une personne qui sait observer, dont le discernement nous inspire une entière confiance. Cela nous permet de vérifier ce qu'on nous a dit jusque-là.

Mrs. Strete se radoucit.

— Oh! je vois. Je ne m'étais pas très bien rendu compte.

— L'expérience a mûri votre jugement, Mrs. Strete. Vous connaissez la vie. De plus, vous êtes ici chez vous. Vous êtes la fille de Mrs. Serrocold et, par conséquent, à même de me renseigner sur son entourage.

— Certainement, répondit Mildred Strete. Mais vous devez savoir qui a tué mon frère. Ça crève les yeux!

L'inspecteur Curry s'appuya au dossier de sa chaise et passa la main sur sa petite moustache bien taillée.

— Il importe que nous soyons prudents, dit-il. Ça crève les yeux, dites-vous?

— Mais oui. C'est ce terrible Américain, le mari de la pauvre Gina. Il est seul à ne pas faire partie de la famille. Nous ne savons absolument rien de lui. C'est sans doute un de ces redoutables gangsters, comme il y en a aux États-Unis.

— Est-ce que cela suffit à expliquer l'assassinat de Mr. Gulbrandsen? Pourquoi l'aurait-il tué?

— Parce que Christian avait découvert quelque chose sur lui. Et c'est la raison pour laquelle mon frère est revenu si peu de temps après son dernier séjour ici.

— En êtes-vous bien sûre, Mrs. Strete?

— Pour moi, c'est l'évidence même. Il a voulu nous faire croire qu'il venait s'occuper de la Fondation... mais c'est absurde. Il était ici pour ça le mois dernier et, depuis, il n'y a rien eu d'important. Il est sûrement revenu pour des raisons personnelles. Il avait vu Walter la fois précédente. Peut-être l'a-t-il reconnu? Peut-être a-t-il demandé des renseignements sur lui aux États-Unis? On ne trompait pas facilement mon frère. Il est revenu, j'en suis sûre, pour mettre ordre à tout cela... pour démasquer Walter, pour le montrer tel qu'il est. Alors, naturellement, Walter l'a tué.

— Ou...i... C'est possible... répondit l'inspecteur en ajoutant une moustache démesurée à un des chats dessinés sur son buvard.

— Vous ne croyez pas, comme moi, que c'est sûrement ce qui s'est passé?

— C'est possible... oui... répondit l'inspecteur. Mais, tant que nous ne pourrons pas prouver qu'il avait un motif pour tuer Mr. Gulbrandsen, ça ne nous avance guère.

— Pour moi, Walter Hudd ne pense qu'à l'argent. Voilà pourquoi il est venu en Angleterre et s'est installé ici, où il vit aux crochets des Serrocold. Mais il ne pourra pas s'emparer de grand-chose avant la mort de ma mère. A ce moment-là, Gina héritera d'une énorme fortune...

— Et vous aussi, Mrs. Strete.

Une vague rougeur colora les joues de Mildred Strete.

— Et moi aussi, comme vous le dites. Nous avons toujours mené une vie tranquille, mon mari et moi. Il ne dépensait presque rien, sauf pour ses livres... Il était très cultivé. Ma fortune personnelle a doublé, ou peu s'en faut. Elle est plus que suffisante pour mes seuls besoins, mais on peut toujours utiliser l'argent au profit des autres. Si jamais j'hérite d'une fortune, je la considérerai comme un dépôt sacré.

Curry fit semblant de comprendre de travers.

— Mais ce ne sera pas un dépôt, je crois? Cette fortune vous appartiendra sans aucune réserve?

— Oui... dans un sens. Oui, elle m'appartiendra sans aucune réserve.

Frappé par le ton sur lequel elle avait prononcé ces derniers mots, l'inspecteur releva vivement la tête, Mrs. Strete ne le regardait pas, et un sourire triomphant plissait ses lèvres minces.

L'inspecteur reprit respectueusement :

— Alors, d'après vous, et je sais que les occasions ne vous ont pas manqué pour établir votre opinion... Mr. Walter Hudd voudrait bien mettre la main sur la fortune qui doit revenir à sa femme quand Mrs. Serrocold mourra. A ce propos, avez-vous remarqué un changement dans la santé de votre mère ces derniers temps?

— Elle souffre de rhumatismes, mais il faut bien avoir quelque chose quand on devient vieux. Les gens qui font des histoires pour des douleurs inévitables ne m'inspirent aucune sympathie.

— Est-ce que Mrs. Serrocold fait des histoires?

Mildred Strete resta silencieuse pendant un moment.

— Non, dit-elle enfin, mais elle est habituée à voir les autres en faire à son sujet. La sollicitude de mon beau-père est excessive. Quant à Miss Bellever, elle se rend parfaitement ridicule. Son dévouement pour ma mère est admirable, mais est devenu une espèce de calamité. Elle tyrannise positivement la pauvre femme... C'est elle qui fait tout marcher ici, et elle se croit tout permis.

Curry hocha lentement la tête.

— Je comprends... je comprends... dit-il, et il ajouta en observant Mrs. Strete avec attention : Il y a un point que je ne saisis pas très bien. Que font ici les deux frères Restarick?

— Encore de la sentimentalité puérile! Leur père a épousé ma pauvre mère pour son argent et au bout de deux ans, il a levé le pied avec une chanteuse yougoslave d'une moralité déplorable. Ma mère a été assez faible pour prendre les deux garçons en pitié. Comme ils ne pouvaient pas passer leurs vacances avec une femme dont l'inconduite était notoire, elle les a plus ou moins adoptés, et, depuis, ils n'ont jamais cessé de traîner ici en parasites. Ce ne sont, certes, pas les pique-assiettes qui nous manquent, je peux vous le dire!

— Alex Restarick a eu la possibilité de tuer Christian Gulbrandsen. Il était seul dans sa voiture... entre la loge et la maison. Et Stephen?

— Stephen était dans le hall avec nous. L'attitude d'Alex me déplaît. Il devient de plus en plus vulgaire, et j'imagine qu'il mène une vie irrégulière, mais je ne le vois vraiment pas assassinant quelqu'un. D'ailleurs, pourquoi aurait-il tué mon frère?

— Nous en revenons toujours là, dit Curry. Qu'est-ce que Christian Gulbrandsen pouvait savoir sur X... pour que X... ait jugé nécessaire de le tuer?

— Exactement! s'écria Mrs. Strete avec une vivacité soudaine. Et c'est sûrement Walter Hudd l'assassin. Quelle horreur! Quelle horreur! Je suis seule à en souffrir. Qu'est-ce que ça peut leur faire, aux autres?

Aucune des personnes qui sont ici n'était vraiment parente de Christian. Pour ma mère, il n'était qu'un beau-fils devenu majeur. Il n'y avait aucun lien de parenté entre Gina et lui. Mais c'était mon frère.

— Votre demi-frère, insinua l'inspecteur.

— Oui, mon demi-frère, et il était beaucoup plus âgé que moi. Mais nous étions tous les deux des Gulbrandsen!

— Oui... Oui... Je comprends ce que vous éprouvez.

Mildred Strete sortit de la pièce. Elle avait les larmes aux yeux. Curry regarda Lake.

— Elle est convaincue que c'est Walter Hudd l'assassin et elle se refuse à admettre un seul instant que c'est peut-être quelqu'un d'autre.

— Qui sait si elle n'a pas raison?

— Évidemment, Wally est tout indiqué. L'occasion favorable... le motif. S'il lui faut de l'argent, la mort de la grand-mère de sa femme est indispensable. Alors, Wally tripote son reconstituant et Christian Gulbrandsen le voit faire... ou l'apprend, je ne sais comment. Oui. Ça colle admirablement.

Il s'interrompit et ajouta, au bout d'un moment :

— Entre parenthèses, Mildred Strete aime l'argent. Elle a pour lui le sentiment passionné des avares. Mais irait-elle jusqu'à commettre un crime pour s'en procurer?

— C'est complexe, n'est-ce pas? dit le sergent Lake en se grattant la tête.

— Très complexe, oui, mais intéressant. Je suis vraiment curieux de savoir... Et Gina Hudd, Lake? Elle m'intrigue plus que tous les autres. Elle a une mauvaise mémoire, ou, alors, elle ment comme elle respire.

— Il y a sans doute un peu des deux, déclara le sergent.

— Sans doute, dit Curry d'un air pensif.

QUATRIÈME PARTIE

CURRY TROUVE L'ARME

« Comme il est difficile de se faire une idée exacte d'un homme d'après ce qu'on raconte de lui », pensait l'inspecteur Curry.

Il regardait Edgar Lawson, dont tant de gens lui avaient parlé ce matin-là, et ses impressions étaient si différentes des leurs, qu'il y avait presque de quoi rire. Edgar ne lui paraissait ni « étrange », ni « arrogant », ni même « anormal ». L'inspecteur avait devant lui un garçon des plus ordinaires, très déprimé, et à peu près aussi humble que Uriah Heep. Jeune, un peu commun et assez pitoyable, il ne demandait qu'à parler et se confondait en excuses.

— Je comprends que j'ai très mal agi. Je ne sais vraiment pas ce qui m'a pris. Comment ai-je pu faire cette scène et tout ce boucan? Et ce coup de pistolet? Dire que j'ai tiré sur Mr. Serrocold, qui a été si bon pour moi et si patient!

Il se tordait nerveusement les mains, et elles faisaient pitié, ces mains, avec leurs poignets décharnés.

— Si je dois être jugé, je suis prêt à vous suivre. C'est tout ce que je mérite. Je reconnaîtrai que je suis coupable.

— Personne n'a porté plainte contre vous, dit l'inspecteur d'un ton sec. Nous n'avons aucun témoignage qui nous permette d'intervenir. D'après Mr. Serrocold, ces coups de feu étaient accidentels.

— Je le reconnais bien là! Il n'y a jamais eu un homme aussi bon que Mr. Serrocold! Je lui dois tout, et voilà comment je reconnais ses bienfaits!

— Qu'est-ce qui vous a poussé à faire ça?

Edgar parut embarrassé.

— Je me suis conduit comme un imbécile.

— C'est ce qu'il me semble, dit sèchement l'inspecteur. Vous avez dit devant témoins à Mr. Serrocold que vous aviez découvert qu'il était votre père. Est-ce vrai?

— Non.

— D'où vous est venue cette idée? Quelqu'un vous l'a-t-il suggérée?

Edgar se mit à s'agiter d'un air gêné.

— C'est difficile à expliquer... Je ne sais par où commencer...

L'inspecteur l'encouragea du regard.

— Essayez toujours. Nous ne cherchons pas à vous créer d'ennuis.

— Voyez-vous, mon enfance ne fut pas heureuse. Les autres garçons se moquaient de moi parce que je n'avais pas de père. Ils me traitaient de bâtard... et je n'étais pas autre chose. Ma mère était toujours ivre, et des hommes venaient tout le temps la voir. Je crois que mon père était un marin étranger. La maison était toujours dégoûtante. Un enfer! Je me suis mis à imaginer que mon père n'était pas un simple marin, mais quelqu'un d'important et que j'étais l'héritier légitime d'une fortune magnifique. Et alors, je suis allé à une nouvelle école et j'ai bluffé, une ou deux fois, à mots couverts. J'ai dit que mon père était amiral. J'ai fini par le croire et j'étais moins malheureux.

Il s'arrêta un instant, puis reprit :

— Et alors, plus tard, j'ai imaginé autre chose. Je faisais des séjours dans les hôtels où je racontais un tas de sottises. Je disais que j'étais pilote sur un avion de chasse, ou que j'étais dans l'armée, au service des renseignements. Je ne savais plus où j'en étais. Je mentais sans pouvoir m'arrêter. Je ne voulais pas être malhonnête, mais je ne pouvais pas m'en empêcher. Mr. Serrocold et le docteur Maverick vous diront ce qu'il en est. Ils ont tous les papiers.

L'inspecteur Curry hocha la tête. Il avait déjà vu le dossier d'Edgar et son casier judiciaire.

— Enfin, Mr. Serrocold m'a tiré d'affaire et m'a amené ici. Il a dit qu'il avait besoin d'un secrétaire pour l'aider... et je peux dire que je l'ai aidé! Oui, je peux le dire! Mais les autres se moquaient de moi, ils étaient tout le temps à se moquer de moi.

— Les autres? Mrs. Serrocold, par exemple?

— Non. Pas Mrs. Serrocold, c'est une vraie dame... Elle est toujours aimable et bonne. Mais Gina m'a traité comme le dernier des derniers et Stephen Restarick aussi. Et Mrs. Strete me méprise parce que je ne suis pas un homme du monde, tout comme Miss Bellever... Et qu'est-ce qu'elle est, celle-là? Une dame de compagnie, une salariée, n'est-ce pas?

Curry remarqua chez le jeune homme les signes d'une surexcitation croissante.

— En somme, ils ne vous ont témoigné aucune sympathie?

— Parce que je suis un bâtard! s'écria Edgar avec

emportement. Si j'avais un père, ils ne se seraient pas conduits comme ça!

— Alors, pour vous dédommager, vous vous êtes attribué un certain nombre de pères célèbres?

Edgar rougit et dit entre ses dents :

— Je finis toujours par mentir.

— Et, en dernier lieu, vous avez prétendu que Mr. Serrocold était votre père. Pourquoi?

— Parce que j'espérais les faire taire une fois pour toutes. Si c'était lui mon père, ils ne pouvaient plus rien contre moi.

— Oui. Mais vous l'avez accusé d'être votre ennemi, de vous persécuter.

Edgar se frotta le front.

— Je sais. Tout s'est embrouillé dans ma tête. Ça m'arrive quelquefois.

— Et vous avez pris le revolver dans la chambre de Mr. Hudd?

Edgar parut embarrassé.

— Vous croyez? C'est là que je l'ai pris?

— Vous ne vous en souvenez pas?

— Je voulais m'en servir pour menacer Mr. Serrocold, pour lui faire peur.

— Comment vous êtes-vous procuré le revolver? demanda l'inspecteur, sans perdre patience.

— Vous venez de le dire... Je l'ai pris dans la chambre de Walter. Est-ce que j'aurais pu me le procurer autrement?

— Je n'en sais rien. Quelqu'un... aurait pu vous le donner...

Edgar tourna vers Curry un regard inexpressif.

— Si on me l'a donné, je ne m'en souviens pas. J'étais si troublé! Je suis allé me promener dans le parc, pour essayer de me calmer. Je croyais qu'on me surveillait, qu'on m'espionnait, que tout le monde était après moi, même cette vieille demoiselle si gentille, qui a les cheveux blancs... Miss Marple... J'ai dû avoir une crise de folie. Je ne me souviens ni de l'endroit où j'étais, ni de ce j'ai bien pu faire pendant la moitié du temps!

— Qui vous a dit que Mr. Serrocold était votre père? Voilà un point dont vous vous souvenez certainement.

Edgar jeta de nouveau à l'inspecteur un regard sans expression et déclara d'un air maussade :

— Personne ne me l'a dit. C'est une idée qui m'est venue.

Curry poussa un soupir. Ces réponses ne le satisfaisaient pas, mais il se rendait compte qu'il n'obtiendrait rien de plus pour l'instant.

— Bon, dit-il. Tâchez d'être sérieux à l'avenir.

— Oui, monsieur. Oui, je vous le promets.

Edgar se retira et Curry secoua lentement la tête.

— Ces cas pathologiques, c'est le diable!

— Vous le croyez fou, chef? demanda le sergent Lake.

— Il est moins fou que je ne l'imaginais. C'est un faible d'esprit, un vantard, un menteur... Mais il y a chez lui une certaine candeur qui n'est pas sans charme. Il doit être particulièrement influençable.

— Vous croyez que quelqu'un l'a poussé à faire ce qu'il a fait?

— Assurément, et Miss Marple avait raison sur ce point. Cette vieille demoiselle est une fine mouche. Je voudrais bien savoir qui a influencé ce garçon. Il ne veut pas le dire. Si seulement nous le savions... Venez,

Lake. Nous allons procéder à une reconstitution minutieuse de la scène qui s'est déroulée dans le hall.

*
* *

L'inspecteur Curry était assis devant le piano, et le sergent Lake près de la fenêtre qui donnait sur la pièce d'eau.

— Nous voilà fixés, dit l'inspecteur. Quand je suis sur ce tabouret, si je me tourne à moitié, comme en ce moment, de manière à ne pas perdre de vue la porte du bureau, je ne peux pas vous voir.

Le sergent Lake se leva sans bruit et se glissa dans la bibliothèque.

— Tout ce côté-ci de la pièce était dans l'obscurité. Seules, les lampes qui se trouvent près de la porte du bureau étaient restées allumées. Non, Lake, je ne vous ai pas vu sortir. Et, une fois dans la bibliothèque, il vous était facile de passer dans le couloir par l'autre porte. Deux minutes vous suffisaient pour courir à la chambre de Gulbrandsen, le tuer, revenir par la bibliothèque et retourner vous asseoir près de la fenêtre.

Curry réfléchit un instant, puis il reprit :

— Les femmes, qui sont près du feu, vous tournent le dos. Mrs. Serrocold était assise là, à droite de la cheminée, près de la porte du bureau. Elle n'a pas bougé, tout le monde est d'accord là-dessus, et il n'y a qu'elle qu'on pouvait voir de partout. Miss Marple était là. Elle regardait du côté du bureau, derrière Mrs. Serrocold. Mrs. Strete était à gauche de la cheminée, tout près de la porte qui donne sur le vestibule.

Ce coin était très sombre. Elle a très bien pu sortir et revenir. Oui. C'est possible.

Soudain, Curry se mit à rire.

— Et je pouvais en faire autant.

Il se leva discrètement de son tabouret et se glissa le long du mur.

— Seule, Gina Hudd aurait pu s'apercevoir que je n'étais pas au piano. Et vous vous souvenez de ce qu'elle a dit? « Au commencement, il jouait du piano. Après, je ne sais pas où il est allé. »

— Alors, vous croyez que c'est Stephen l'assassin?

— Je n'en sais rien, dit Curry. Ce n'est ni Edgar Lawson, ni Lewis Serrocold, ni Mrs. Serrocold, ni Miss Jane Marple. Quant aux autres... (Il poussa un profond soupir.) C'est probablement l'Américain. Ces plombs qui ont sauté! Voilà une coïncidence par trop commode. Et pourtant, vous savez, il m'est sympathique, ce type-là... Mais ça ne prouve rien.

Il examina avec attention la musique qui était sur le piano.

— Hindemith? Qui est-ce? Je n'en ai jamais entendu parler. Chostakovitch... Ces gens-là ont des noms à coucher dehors!

Il regarda le vieux tabouret de piano et en souleva le haut.

— La musique démodée est là. Le *Largo* de Hændel, les *Exercices*, de Gzerny. *Je connais un joli jardin*... La femme du pasteur chantait ça quand j'étais gosse...

Il se tut, les pages jaunies de la romance à la main. Dessous, il venait d'apercevoir, posé sur les *Préludes* de Chopin, un petit pistolet automatique.

— Stephen Restarick! s'écria joyeusement le sergent Lake.

— Ne concluez pas trop vite. Je vous parie que c'est là ce qu'on veut nous faire croire.

*
* *

Miss Marple grimpa l'escalier et frappa à la porte de la chambre de Mrs. Serrocold.

— Puis-je entrer, Carrie-Louise?

— Bien sûr, ma chère Jane.

Assise devant sa coiffeuse, Carrie-Louise brossait ses cheveux d'argent. Elle regarda pardessus son épaule.

— La police me demande? Je serai prête dans quelques instants.

— Comment te sens-tu?

— Très bien. Jolly a insisté pour que je prenne mon petit déjeuner au lit et Gina me l'a apporté en marchant sur la pointe des pieds, comme si j'étais à toute extrémité! Les gens ne s'en rendent pas compte, je crois, mais, quand on est vieux, on supporte plus facilement un événement tragique comme la mort de Christian. On a eu le temps d'apprendre que tout est possible... et que tout ce qui arrive ici-bas n'a que bien peu d'importance.

— Ou...i, dit Miss Marple sans conviction.

— Tu n'es pas de cet avis, Jane? Cela m'étonne.

— Christian a été assassiné, répondit doucement Miss Marple.

— Oui... Je comprends ce que tu veux dire. Tu estimes que c'est important.

— Pas toi?

— Ça ne l'est guère pour Christian, dit Carrie-Louise avec simplicité. Il va de soi que c'est important pour la personne qui l'a tué.

— Qui cela peut-il être, d'après toi?

Mrs. Serrocold secoua la tête, elle semblait désorientée.

— Je n'en ai pas la moindre idée. Je ne peux même pas imaginer un motif. Il y a sûrement un rapport entre ce crime et ce qui a amené Christian ici le mois dernier. Je ne crois pas qu'il serait revenu brusquement sans raison grave. Et, quelle que soit cette raison, elle existait déjà à ce moment-là; mais, j'ai beau chercher, je ne me souviens de rien d'extraordinaire.

— Qui aviez-vous dans la maison?

— Tous ceux qui y sont maintenant... Oui. Alex venait d'arriver de Londres. Et... ah! oui... Ruth était là.

— Ruth?

— Oui, chère amie, ma sœur Ruth. Elle passait quelques jours avec nous.

— Ruth! répéta Miss Marple.

Son esprit travaillait. Elle pensait à l'entretien qu'elle avait eu avec Mrs. Van Rydock, avant de partir pour Stonygates. Ruth était ennuyée, inquiète. Pendant son séjour chez sa sœur, elle avait eu constamment l'impression qu'une menace pesait sur Carrie-Louise. Pourquoi? Elle n'en savait rien. Quelque chose allait mal, c'est tout ce qu'elle pouvait dire. Christian Gulbrandsen, lui aussi, était ennuyé et inquiet, mais Christian savait ou soupçonnait quelque chose. Il savait ou soupçonnait que quelqu'un cherchait à empoisonner Carrie-Louise.

— Qu'est-ce qu'on me cache? demanda soudain Mrs. Serrocold. Vous êtes tous bien mystérieux.

Miss Marple eut un petit sursaut.

— Pourquoi dis-tu ça?

— Parce que je le vois bien. Je ne parle pas de Jolly, mais de tous les autres, y compris Lewis. Il est entré pendant que je prenais mon petit déjeuner, et je l'ai trouvé bien étrange. Il a bu un peu de mon café et a même mangé un morceau de pain grillé avec de la confiture d'oranges. De sa part, c'est invraisemblable. Il prend toujours du thé et il n'aime pas cette confiture. Il devait penser à autre chose... et je suppose qu'il avait oublié de déjeuner. Ça lui arrive souvent, et il paraissait si soucieux, si préoccupé!

Un silence gênant s'établit, mais Mrs. Serrocold n'eut pas l'air de s'en apercevoir. Elle souriait.

— A quoi penses-tu, Carrie-Louise?

Mrs. Serrocold parut revenir de très loin.

— Je pensais à Gina, répondit-elle. Tu m'as dit que Stephen Restarick était amoureux d'elle. Gina est une enfant charmante, tu sais. Et elle adore Wally. J'en suis absolument sûre.

Miss Marple ne dit rien, et Mrs. Serrocold reprit sur un ton qui semblait indiquer qu'elle voulait excuser sa petite-fille :

— Les jeunes femmes comme elle, aiment à s'émanciper, à sentir qu'elles ont du pouvoir sur les hommes! C'est bien naturel. Wally Hudd n'est évidemment pas le mari que nous souhaitions pour Gina. Normalement, elle n'aurait pas dû le rencontrer. Mais elle l'a rencontré et elle est tombée amoureuse de lui... et je crois qu'elle sait mieux que nous ce qui lui convient.

— C'est probable, dit Miss Marple.

— Il est si important que Gina soit heureuse!

Miss Marple regarda son amie avec étonnement.

— Oui. Mais le cas de Gina est très particulier. Quand nous avons adopté sa mère... quand nous avons adopté Pippa, nous nous sommes dit qu'il fallait absolument que cette expérience fût couronnée de succès. Vois-tu, la mère de Pippa...

Carrie-Louise se tut.

— Qui était la mère de Pippa? demanda Miss Marple.

Carrie-Louise semblait incapable de décider si elle allait parler ou non.

— Nous avons pris la résolution, Éric et moi, de ne jamais le dire à personne. Pippa elle-même ne l'a jamais su.

— Moi, je voudrais bien le savoir, déclara Miss Marple.

Mrs. Serrocold la regarda. Elle hésitait à répondre.

— Ce n'est pas par curiosité. J'ai vraiment besoin de le savoir. Tu peux compter sur ma discrétion.

— Tu as toujours su garder un secret, Jane, dit Carrie-Louise, et, en disant cela, elle souriait au passé. Le docteur Galbraith... il est maintenant évêque de Cromer, est seul au courant. La mère de Pippa était Catherine Elsworth.

— Elsworth? La femme qui a fait prendre de l'arsenic à son mari?

— Oui.

— Elle a été pendue?

— Oui. Mais il n'est pas du tout sûr qu'elle ait empoisonné son mari. Il avait la manie d'absorber de l'arsenic, c'était pathologique chez lui. Et, à cette époque, on ne comprenait guère ces choses-là.

— Elle faisait tremper des papiers pour attraper les mouches.

— Nous avons toujours pensé que les déclarations de la bonne étaient inspirées par la méchanceté.

— Et Pippa était sa fille?

— Oui. Nous avons décidé, Éric et moi, que cette petite serait une Gulbrandsen, que nous lui donnerions en quelque sorte une nouvelle vie... en l'entourant de tendresse, de soins et de tout ce qui est nécessaire à un enfant. Nous avons réussi. On ne saurait imaginer une créature plus exquise et plus heureuse que Pippa!

Miss Marple garda le silence pendant un moment.

— Voilà. Je suis prête, dit Carrie-Louise en s'éloignant de la coiffeuse. Veux-tu être assez gentille pour demander à... l'inspecteur... je ne sais pas si c'est comme ça qu'on l'appelle... de monter dans mon petit salon. Je ne pense pas que ça le contrarie.

Loin d'être contrarié, l'inspecteur Curry fut assez satisfait de l'occasion qui lui était offerte de voir Mrs. Serrocold dans son cadre personnel. Il en profita, tandis qu'il l'attendait, pour regarder autour de lui avec curiosité. Il remarqua, notamment, une vieille photographie représentant deux petites filles. L'une était brune et souriante, l'autre, assez laide, fixait sur l'univers un regard boudeur sous des cheveux coupés en frange. Le matin même, une expression analogue l'avait déjà frappé. La photographie portait une inscription : « Pippa et Mildred. » Il la regardait encore lorsque Mrs. Serrocold entra.

Elle portait une robe noire, faite d'un tissu souple et

vaporeux. Sa petite figure rose et blanche semblait étrangement menue, sous sa couronne de cheveux d'argent. L'impression d'extrême fragilité qui se dégageait d'elle émut l'inspecteur. Il comprit pourquoi tous ceux qui la connaissaient tenaient tant à épargner à Carrie-Louise Serrocold tout ce qu'il était possible de lui épargner.

Elle lui dit bonjour, le pria de s'asseoir et s'installa dans un fauteuil à côté de lui. Curry commença à l'interroger. Elle répondit de bonne grâce et sans hésiter aux questions qu'il lui posa sur l'extinction des lumières du hall, sur la querelle entre Edgar et son mari, sur le coup de feu qu'on avait entendu...

— Vous n'avez pas eu l'impression que ce bruit venait de la maison?

— Non. J'ai cru qu'il s'était produit dans le parc.

— Pendant cette scène entre votre mari et ce jeune Lawson, avez-vous remarqué si quelqu'un était sorti du hall?

— Wally était déjà sorti pour changer le plomb. Miss Bellever est sortie peu après... pour aller chercher quelque chose, mais je ne sais plus quoi.

— Et qui encore?

— Personne, autant que je sache.

— Auriez-vous pu vous en apercevoir, Mrs. Serrocold?

— Non. Je ne crois pas, dit-elle après un instant de réflexion.

— Vous étiez trop absorbée par ce qui se passait dans le cabinet de travail de Mr. Serrocold?

— Oui.

— Vous vous demandiez, avec inquiétude, ce qui allait arriver?

— Non... non. Je ne peux pas dire ça. Je ne pensais vraiment pas qu'il arriverait quoi que ce soit.

— Pourtant, Lawson avait un revolver?

— Oui.

— Et il en menaçait votre mari?

— Oui. Mais il n'avait pas l'intention de lui faire du mal.

L'inspecteur Curry eut peine à dominer l'exaspération qu'il sentait monter en lui.

— Vous ne pouviez pas en avoir la certitude, Mrs. Serrocold.

— Je l'avais pourtant. Edgar n'est qu'un enfant. Il faisait l'imbécile. Il jouait pour lui-même un mélodrame où il se voyait dans le rôle d'un personnage audacieux et capable de tout, le rôle du héros spolié d'une aventure romanesque. J'étais tout à fait sûre qu'il ne se servirait jamais de ce revolver.

— Mais il s'en est bel et bien servi, Mrs. Serrocold.

— Le coup a dû partir accidentellement.

De nouveau, Curry se sentit exaspéré.

— Ça n'a rien eu d'accidentel. Lawson a tiré deux fois. Il visait votre mari. Les balles l'ont manqué de fort peu.

Carrie-Louise parut stupéfaite et prit une expression grave.

— Je ne peux vraiment pas le croire... commença-t-elle.

Puis elle se reprit vivement, pour prévenir la protestation de l'inspecteur :

— Je suis bien obligée de le croire, puisque vous me le dites. Mais je conserve quand même l'impression qu'il doit y avoir une explication très simple. Le docteur Maverick est capable de tout expliquer.

— Je sais que ce que nous faisons ici peut vous paraître stupide et dénué de sens, dit Mrs. Serrocold de façon assez inattendue. Je sais aussi que les psychiatres sont parfois irritants. Mais voyez-vous, inspecteur, nous obtenons des résultats. Et, sans doute ne le croirez-vous pas, mais Edgar est réellement dévoué à mon mari. S'il s'est mis à faire ces histoires ridicules en prétendant que Lewis est son père, c'est parce qu'il voudrait tant avoir un père comme Lewis. Ce que je ne peux pas comprendre, c'est ce qui l'a rendu subitement violent. Il allait beaucoup mieux, il était presque normal. A vrai dire, à moi, il m'a toujours paru normal.

L'inspecteur n'essaya pas de discuter ce dernier point.

— Le revolver dont s'est servi Edgar Lawson appartient au mari de votre petite-fille. Lawson a dû le prendre dans la chambre de Mr. Hudd. Mais ce revolver-ci, l'avez-vous déjà vu ?

Curry présentait sur la paume de sa main le petit automatique noir. Carrie-Louise l'examina avec attention.

— Non. Je ne crois pas.

— Je l'ai trouvé sur le tabouret du piano. On voit qu'il a servi récemment. Nous n'avons pas encore eu le temps d'en vérifier les caractéristiques, mais je crois fort que c'est l'arme avec laquelle on a tué Mr. Gulbrandsen.

Carrie-Louise fronça les sourcils.

— C'est dans le tabouret du piano que vous l'avez trouvé ?

— Oui. Sous de très vieux recueils de musique. De

la musique que l'on n'a pas dû toucher depuis des années.

— Alors, il était caché?

— Oui. Vous rappelez-vous qui était au piano hier soir?

— Stephen Restarick.

— Il jouait?

— Oui. En sourdine... un drôle de petit air un peu triste.

— Quand s'est-il arrêté de jouer?

— Quand il s'est arrêté?... Je ne sais pas.

— Il s'est bien arrêté? Il n'a pas joué pendant tout le temps qu'a duré cette scène?

— Non. La musique a cessé sans que je m'en aperçoive.

— A-t-il quitté le tabouret de piano?

— Je ne sais pas. J'ignore totalement ce qu'il a fait jusqu'au moment où il est venu près de la porte du cabinet de travail pour essayer une clef.

— Croyez-vous que Stephen Restarick pouvait avoir un motif pour tuer Mr. Gulbrandsen?

— Absolument aucun.

Mrs. Serrocold réfléchit et ajouta :

— Je suis persuadée qu'il n'en avait aucun.

— Mr. Gulbrandsen aurait pu savoir quelque chose de fâcheux à son sujet.

— C'est bien peu probable.

Curry eut une envie folle de répondre :

« Même si un cochon vole, il est bien peu probable que ce soit un oiseau. »

C'était un dicton à sa grand-mère, et il était sûr que Miss Marple le connaissait.

Carrie-Louise descendit par le grand escalier, et, de

partout, on se précipita à sa rencontre. Gina venait du corridor. Miss Marple de la bibliothèque et Miss Bellever du grand hall.

— Ma chérie! s'écria Gina. Comment vous sentez-vous? Ils ne vous ont pas torturée, malmenée? Ils ne vous ont pas fait des tas de misères?

— Bien sûr que non! Quelle imagination tu as, ma Gina! L'inspecteur a été charmant et s'est montré plein de déférence.

— C'est la moindre des choses, déclara Miss Bellever. Tenez, Cara, j'ai là toutes vos lettres et un paquet. J'allais vous les monter.

— Apportez-moi tout ça dans la bibliothèque.

Les quatre femmes passèrent dans la bibliothèque et Carrie-Louise s'assit pour décacheter son courrier. Il y avait une vingtaine de lettres. A mesure qu'elle les regardait, elle les passait à Miss Bellever, qui les répartissait en plusieurs tas.

— Nous divisons le courrier en trois, expliqua Miss Bellever à Miss Marple. Les lettres des parents des garçons, que je remets au docteur Maverick. Les demandes de secours, dont je m'occupe moi-même, et, enfin, les lettres personnelles, pour lesquelles Cara me prépare des notes indiquant les réponses à faire.

Une fois la correspondance dépouillée, Mrs. Serrocold s'occupa du paquet. Elle coupa la ficelle avec des ciseaux et retira de l'emballage une boîte de chocolats fort alléchante, entourée d'un ruban doré. La boîte ouverte, elle y trouva une carte de visite qui ne fut pas sans la surprendre :

« De la part d'Alex, avec toute son affection. »

— Quelle drôle d'idée de m'envoyer des chocolats par la poste le jour où il vient ici!

Un sentiment d'inquiétude s'empara de Miss Marple. Elle bondit.

— Une minute, Carrie-Louise. N'y goûte pas tout de suite.

Mrs. Sirrecold resta interdite.

— Pourquoi pas, ma chérie? Ils ont l'air délicieux.

— C'est vrai. Mais je vais d'abord demander... Gina, savez-vous si Alex est dans la maison?

— Il me semble que je l'ai vu tout à l'heure dans le hall.

Elle courut à la porte et appela Alex. Celui-ci parut presque aussitôt.

— Madonna chérie! Alors, vous êtes debout. Ça ne va pas plus mal?

Il s'approcha de Mrs. Serrocold et l'embrassa doucement sur les deux joues.

— Carrie-Louise voulait vous remercier des chocolats, dit Miss Marple.

Alex eut l'air ahuri.

— Quels chocolats?

— Ceux-ci, dit Carrie-Louise.

— Votre carte était dans la boîte, dit Miss Bellever.

Alex regarda la carte.

— En effet... Ça, c'est drôle... C'est même très drôle! En tout cas, ce n'est pas moi qui les ai envoyés.

— Ils ont l'air succulents, déclara Gina en examinant les bonbons. Regardez, grand-maman, des chocolats au kirsch, ceux que vous préférez! Ils sont là, au milieu.

Miss Marple lui enleva la boîte avec douceur et fermeté, la mit sous son bras et sortit sans dire un mot. Elle partit à la recherche de Lewis Serrocold. Il lui fallut un certain temps pour le trouver, car il était à l'institution, chez le docteur Maverick. Elle posa la boîte devant lui, sur la table, et lui raconta l'incident. Tandis qu'il l'écoutait, le visage de Serrocold se durcit et prit une expression sévère.

Les deux hommes sortirent les chocolats de la boîte avec le plus grand soin et les examinèrent un à un.

— Je suis à peu près certain, dit le docteur Maverick, que ceux que j'ai mis de côté ont subi des manipulations. Regardez-les par-dessous : la couche de chocolat n'est plus lisse. Il faut les faire analyser immédiatement.

— Ça ne semble pas croyable ! s'écria Miss Marple. Toute la famille aurait pu être empoisonnée !

Lewis hocha la tête. Il était très pâle et son visage restait crispé.

— Oui, dit-il. Il y a là une cruauté, un mépris de la vie d'autrui !... Je crois que tous les bonbons que nous avons mis de côté sont parfumés au kirsch. Ce sont ceux que préfère Caroline. Tout cela dénote la connaissance des moindres détails.

— Si vous ne vous trompez pas, s'il y a vraiment du poison dans ces chocolats, je crains, dit Miss Marple sans élever la voix, qu'il sera nécessaire d'avertir Carrie-Louise de ce qui se passe. Il faudra la mettre sur ses gardes.

— Il faudra qu'elle sache que quelqu'un désire sa mort, dit tristement Serrocold. Elle n'arrivera jamais à le croire.

*
* *

Gina se redressa et rejeta en arrière ses cheveux qui lui retombaient sur le front. Elle avait de la peinture sur la figure et sur son pantalon. Aidée de quelques collaborateurs choisis, elle travaillait à une toile de fond représentant « Le Nil au coucher du soleil », en vue de leur prochaine manifestation dramatique.

— Eh! mademoiselle! C'est vrai, ce qu'on dit?... Qu'y a par là une crapule qui travaille dans le poison? chuchota derrière elle une voix un peu rauque.

C'était la voix de son jeune assistant Ernie Gregg, celui qui lui avait donné de si précieuses leçons sur le maniement des serrures. Ernie était universel : excellent machiniste, acteur à l'occasion, il se révélait collaborateur également enthousiaste pour tout ce qui concernait le théâtre, et, maintenant, l'idée d'une belle histoire faisait étinceler ses yeux ronds.

— Où diable avez-vous été chercher ça? demanda Gina avec indignation.

Ernie ferma un œil.

— Ça se raconte dans tous les dortoirs. Qu'est-ce qu'on fait ici, Bon Dieu! Hier, on fait son affaire au vieux Gulbrandsen, maintenant on empoisonne en douce! Ils disent que c'est le même client qui a envoyé les bonbons et qui a descendu le vieux. Qu'est-ce que vous direz, mademoiselle, si je vous dis que je sais qui c'est?

— Vous ne pouvez rien savoir du tout.

— J' peux rien savoir? Une supposition que j'étais dehors hier soir et que j'ai vu des choses?...

— Comment auriez-vous été dehors? On ferme les portes de l'institution à sept heures, après l'appel.

— L'appel! Moi, mademoiselle, j'peux sortir quand ça me plaît. C'est pas les serrures qui me gênent. Sortir, se balader dans le parc... histoire de se marrer, quoi. Je l'fais souvent.

— Allons, Ernie, assez de mensonges comme ça!

— Des mensonges? Qui c'est qui en dit?

— Vous. Vous mentez, vous vous vantez d'un tas de choses que vous n'avez jamais faites.

— Que vous dites! Attendez seulement que les flics s'amènent et qu'i' m' demandent qu'est-ce que c'est que j'ai vu hier soir.

— Et alors, qu'est-ce que vous avez vu?

— Vous voudriez bien le savoir!

Gina marcha d'un air menaçant sur Ernie qui exécuta une retraite stratégique. Stephen, qui travaillait de l'autre côté du théâthre, vint au bout de quelques minutes rejoindre Gina et, après avoir discuté certains détails techniques, ils rentrèrent à la maison côte à côte.

— Les garçons sont tous au courant de l'histoire des chocolats de grand-maman, dit Gina. Comment l'ont-ils su?

— Ils savent tout, croyez-moi.

— Ce qui m'épate le plus, c'est cette carte d'Alex. C'est idiot d'avoir mis une carte de lui précisément le jour où il venait ici. Vous ne trouvez pas?

— Si. Mais personne ne savait qu'il allait venir. Il s'est décidé en deux minutes et il a envoyé un télégramme. A ce moment-là, on avait déjà fait partir la boîte. S'il n'était pas venu, l'idée aurait été excellente. Il lui arrive d'envoyer des chocolats à Caroline.

Stephen se tut un instant, puis il reprit :

— Mais ce qui me dépasse, c'est que...

Gina lui coupa la parole.

— C'est qu'il y ait quelqu'un qui veuille empoisonner grand-maman. Je sais. C'est inconcevable! Elle est si adorable!... Et tout le monde l'adore, absolument tout le monde.

Stephen ne répondit pas. Gina le regarda vivement.

— Je sais ce que vous pensez, Steve.

— Vous croyez?

— Vous pensez que... Wally... ne l'adore pas. Mais jamais Wally n'empoisonnerait quelqu'un. C'est une idée burlesque.

— Quelle épouse loyale!

— Ne dites pas ça sur ce ton railleur.

— Je n'ai aucune intention railleuse. J'estime que vous êtes loyale, et je ne vous en admire que davantage. Mais, ma petite Gina, ça ne pourra pas durer.

— Que voulez-vous dire?

— Vous le savez parfaitement. Vous êtes mal assortis, Wally et vous. Ça ne peut pas marcher, et il le sait, lui aussi. Un de ces jours, ça cassera et vous serez beaucoup plus heureux tous les deux une fois que ça y sera.

— Ce que vous êtes bête, dit Gina.

— Allons! Vous n'allez pas me raconter que vous êtes faits l'un pour l'autre ni que Wally est heureux ici?

— Oh! je ne sais pas ce qu'il a. Il fait tout le temps la tête. C'est à peine s'il desserre les dents. Je ne sais pas ce qu'il faudrait que je fasse pour lui. Pourquoi n'arrive-t-il pas à se plaire ici? Nous avons été si heureux à un moment! Ce que nous avons pu nous amuser!... Et, maintenant, c'est un autre homme. Pourquoi faut-il que les gens changent comme ça?

— Est-ce que je change, moi?

— Non, mon vieux Steve. Vous êtes toujours le même... Autrefois, pendant les vacances, je ne vous quittais pas d'une semelle, vous vous en souvenez?

— Et ce qu'elle pouvait me raser, cette petite Gina! Maintenant, tout est bien différent! Vous êtes arrivée à vos fins. N'est-ce pas, Gina?

— Idiot! dit vivement la jeune femme, et elle se hâta de passer à un autre sujet. D'après vous, est-ce qu'Ernie mentait? A l'en croire, il se promenait hier soir dans le brouillard et il prétend qu'il en aurait long à dire sur le crime. Croyez-vous que c'est vrai?

— Vrai? Sûrement pas. Vous savez à quel point il est hâbleur. Pour se rendre important, il dirait n'importe quoi.

— Je sais bien. Seulement, je me demandais...

Ils marchèrent en silence pendant le reste du trajet.

*
* *

Le soleil couchant illuminait la façade ouest de la maison. L'inspecteur Curry regarda de ce côté-là.

— Est-ce par ici, demanda-t-il, que vous avez arrêté votre voiture, hier soir?

Alex Restarick fit un pas en arrière et répondit après avoir réfléchi :

— A peu de chose près. Il m'est difficile de préciser, étant donné qu'il y avait du brouillard. Oui, je crois bien que c'est ici.

— Dodgett! dit l'inspecteur.

L'agent de police Dodgett, qui attendait, prêt à se mettre en mouvement, partit comme une flèche. Il s'élança vers la maison, traversa en diagonale la pelouse qui l'en séparait, arriva sur la terrasse et entra par la porte latérale. Au bout de quelques secondes, une main invisible agita violemment les rideaux d'une des fenêtres, puis l'agent Dodgett reparut à la porte qui donnait sur le jardin et courut pour rejoindre les autres. Il soufflait comme un phoque.

— Deux minutes quarante-deux secondes, dit l'inspecteur en faisant tinter la montre à arrêt avec laquelle il venait de chronométrer cette course, et il ajouta, sur le ton aimable qu'il aurait pris dans une conversation mondaine : Ça prend peu de temps, ces choses-là.

— Vous avez sans doute voulu vous rendre compte du temps qu'il m'aurait fallu pour courir là-bas et revenir? dit Alex.

— Je constate simplement qu'il vous a été possible de commettre ce crime. C'est tout, Mr. Restarick. Je n'accuse personne... pour le moment.

Pour la première fois, Alex parut déconcerté.

— Voyons, inspecteur! Vous ne pouvez pas croire sincèrement que c'est moi l'assassin, ou que c'est moi qui ai envoyé une boîte de chocolats empoisonnés à Mrs. Serrocold avec ma carte dedans?

— C'est peut-être ce qu'on veut nous faire croire. Un double bluff, Mr. Restarick.

— Ah! je comprends. Vous êtes rudement astucieux!

Très calme, l'inspecteur Curry jeta un regard de côté au jeune homme. Il remarqua la forme légèrement pointue de ses oreilles, le caractère si peu anglais de sa figure de Mongol, l'expression malicieuse de ses yeux. Il ne devait pas être facile de savoir ce que pensait ce garçon.

L'agent Dodgett, qui avait retrouvé sa respiration, prit la parole.

— J'ai agité les rideaux comme vous me l'aviez commandé, monsieur. Et j'ai compté jusqu'à trente.

Un des crochets de ces rideaux a été arraché dans le haut. On ne peut pas les fermer complètement, et, quand la pièce est éclairée, ça doit se voir du dehors.

— Avez-vous vu filtrer de la lumière par cette fenêtre hier soir?

— Il m'était impossible de voir la maison à cause du brouillard. Je vous l'ai déjà dit.

— Il arrive que la densité du brouillard varie. Parfois, il se dissipe sur un point pendant quelques minutes.

— Hier soir, il ne s'est jamais dissipé suffisamment pour me permettre de voir la maison, la façade principale, tout au moins. Celle du gymnase, qui était plus près de moi, se dessinait vaguement. Elle avait quelque chose d'immatériel qui m'a ravi. On aurait dit un entrepôt sur les quais. L'illusion était parfaite. Comme je vous l'ai dit, je suis en train de monter un ballet qui a Limehouse pour décor...

— Oui. Vous m'en avez parlé, dit Curry.

— On prend l'habitude, vous savez, de regarder les choses comme un décor et on oublie la réalité.

— C'est possible. Et pourtant, un décor, c'est quelque chose de bien réel. N'est-ce pas, Mr. Restarick?

— Je ne vois pas exactement ce que vous voulez dire, inspecteur.

— C'est fait avec des matériaux qui n'ont rien d'irréel... de la toile, du bois, de la peinture, du carton. L'illusion est dans l'œil du spectateur et non dans le décor lui-même. C'est cela que je veux dire, le décor est quelque chose de réel, qu'on le regarde de la salle ou des coulisses.

Alex regarda Curry, les yeux écarquillés.

— Savez-vous, inspecteur, que cette remarque est particulièrement profonde? Elle me donne une idée...

— Pour un autre ballet?

— Non. Il s'agit de bien autre chose qu'un ballet! Je me demande si nous n'avons pas tous fait preuve d'un certain aveuglement.

CINQUIÈME PARTIE

ALEX FAIT UNE PROPOSITION

Alex Restarick remontait lentement l'avenue en se demandant ce que pourrait donner sa nouvelle idée; mais il aperçut Gina dans le sentier qui longeait la pièce d'eau et interrompit sa méditation. La maison se dressait sur une légère éminence, et le terrain descendait en pente douce depuis les marches sablées de la terrasse jusqu'à la pièce d'eau qu'entouraient des rhododendrons et d'autres arbustes.

Alex se mit à courir pour rejoindre Gina.

Il plissa les yeux d'un air dégoûté en montrant la maison du doigt.

— Si on supprimait cette monstruosité victorienne, dit-il, on se croirait au bord du lac des Cygnes. Et vous, Gina, vous seriez « la jeune Fille aux Ailes de Cygne »... Mais non... Quand j'y pense, vous ressemblez plutôt à la « Reine des Neiges ». Insensible et bien décidée à n'en faire qu'à votre tête. Vous ne vous doutez même pas de ce que peuvent être la bonté, la pitié ou même la charité la plus élémentaire... Vous êtes très, *très* féminine, ma chère Gina!

— Et vous, vous êtes très méchant, mon cher Alex!

— Parce que je me refuse à me laisser rouler par

vous? Vous êtes très satisfaite de votre petite personne, n'est-ce pas, Gina? Vous avez fait de nous ce que vous avez voulu, qu'il s'agisse de moi, de Stephen ou de votre benêt de mari.

— C'est idiot ce que vous dites là!

— Non, ce n'est pas idiot. Stephen est amoureux de vous, je suis amoureux de vous, et Wally est désespéré. Qu'est-ce qu'une femme peut souhaiter de plus?

Gina le regarda et se mit à rire. Alex hocha vivement la tête.

— Je constate avec plaisir qu'il vous reste un fond d'honnêteté. C'est le sang latin qui reparaît! Vous ne vous donnez pas la peine de prétendre que vous n'attirez pas les hommes, ou que vous êtes désolée s'ils sont attirés par vous. Vous êtes contente, cruelle Gina, que les hommes qui vous entourent soient amoureux de vous, même quand il s'agit de ce misérable petit Edgar Lawson?

Gina le regarda bien dans les yeux et dit sur un ton sérieux et tranquille :

— Ça ne dure pas très longtemps, vous savez. La femme est bien plus malheureuse que l'homme. Elle est plus vulnérable. Elle a des enfants et elle se tourmente terriblement à leur sujet. Aussitôt que sa beauté disparaît, l'homme qu'elle aime ne l'aime plus. On la trompe, on l'abandonne, on l'écarte. Je ne blâme pas les hommes. Je ferais comme eux. Je déteste les gens qui sont vieux, ou laids, ou malades, ou qui geignent parce qu'ils ont des ennuis, ou qui sont ridicules, comme Edgar. Il se pavane et se prend pour quelqu'un d'important dont il vaut la peine qu'on s'occupe... Vous dites que je suis cruelle? Le monde est cruel! Un jour ou l'autre, il me traitera avec cruauté. Pour le moment, je suis jeune et jolie et on me trouve séduisante... (Son sourire éblouissant fit ressortir l'éclat de ses dents.) Oui, je trouve ça très agréable, Alex. Pourquoi pas?

— Pourquoi pas? Je me le demande, répondit Alex. Mais ce que je veux savoir, c'est ce que vous allez faire. Allez-vous épouser Stephen ou moi?

— J'ai déjà épousé Wally.

— Provisoirement. Qu'une femme se trompe une fois en se mariant, c'est normal... Mais rien ne l'oblige à en rester là. Après avoir débuté en province, il est temps de jouer la pièce dans le West-End.

— Et c'est vous le West-End?

— Sans aucun doute.

— Avez-vous vraiment envie de m'épouser? Je ne vous vois pas marié.

Le rire frais et clair de Gina retentit.

— Que vous m'amusez, Alex!

— C'est le meilleur atout. Stephen est bien mieux que moi. Il est extrêmement beau et très sérieux. Les femmes aiment ça. Mais un mari trop sérieux fatigue à la longue. Avec moi, Gina, vous trouverez la vie amusante.

— N'allez-vous pas me dire que vous m'aimez à la folie?

— Même si c'est vrai, je ne le dirai certainement pas. Vous marqueriez un point à mon détriment. Non. Tout ce que je suis disposé à faire, c'est à vous offrir prosaïquement de m'épouser.

— Il va falloir que j'y réfléchisse, dit Gina.

— Bien sûr. D'ailleurs, vous avez d'abord à vous occuper de Wally. Ce malheureux Wally! Il m'est très sympathique. Sa vie doit être un véritable enfer depuis qu'il vous a épousée et que vous l'avez traîné, enchaîné à votre char, dans cette atmosphère irrespirable de philanthropie familiale.

— Alex, vous n'êtes qu'une brute!

— Une brute clairvoyante.

— Par moments, dit Gina, j'ai l'impression que Wally ne tient pas à moi le moins du monde. Il ne s'aperçoit même plus que j'existe.

— Vous avez essayé de l'exciter avec un bâton et il ne bouge pas. C'est très ennuyeux!

Gina leva vivement la main et appliqua une gifle sonore sur la joue lisse d'Alex.

— Touché! s'écria le jeune homme.

D'un mouvement rapide et adroit, il la prit dans ses bras et, avant qu'elle ait pu résister, ses lèvres s'attachèrent aux siennes en un long et ardent baiser. Elle se débattit un moment, puis cessa de résister.

— Gina!

Brusquement, ils s'écartèrent l'un de l'autre, Mildred Strete, rouge et les lèvres tremblantes, les foudroyait du regard. Elle était dans un tel état qu'elle pouvait à peine parler.

— Quelle horreur!... Fille perdue! Créature ignoble!... Tu es bien la fille de ta mère... Une traînée!... Adultère... et criminelle par-dessus le marché! Oui. C'est vrai. Je sais ce que je sais!

— Et qu'est-ce que vous savez? Ne soyez pas ridicule, tante Mildred!

— Je ne suis pas ta tante, Dieu merci! Le même sang ne coule pas dans nos veines! Tu ignores qui était ta mère. Tu ne sais pas d'où elle sortait! Mais tu sais ce qu'était mon père et tu connais ma mère. Quel enfant pouvaient-ils adopter? Celui d'une criminelle ou d'une prostituée, bien sûr. Ils auraient dû se souvenir que les vices sont héréditaires. Mais je me doute que c'est ton sang italien qui a fait de toi une empoisonneuse!

— Comment osez-vous dire ça?

— Je dirai ce qui me plaira! Quelqu'un a essayé d'empoisonner ma mère, tu ne peux pas dire le contraire. Et qui était capable de le faire? Qui héritera d'une énorme fortune à la mort de ma mère? C'est toi, Gina. Et je te garantis que la police ne l'oublie pas!

Toujours frémissante, Mildred s'éloigna rapidement.

— C'est pathologique, dit Alex. C'est nettement pathologique. Et c'est très intéressant. Après ça, on peut se demander ce que pouvait bien être le chanoine Strete... Un dévot trop scrupuleux, peut-être? Ou un impuissant?

— Alex, vous êtes dégoûtant!... Oh!... Je la déteste! Je la déteste!

Les poings crispés, Gina tremblait de rage.

— Heureusement que vous n'aviez pas un poignard caché dans votre bas. Cette chère Mrs. Strete aurait fait connaissance avec le crime du point de vue de la victime!

— Comment peut-elle oser dire que j'ai essayé d'empoisonner grand-maman?

— Réfléchissez, chérie. Pour ce qui est du mobile, vous êtes particulièrement servie, il me semble.

Gina le regarda, consternée, les yeux fixes.

— Oh! Alex... Est-ce aussi l'avis de la police?

— C'est très difficile de savoir ce que pensent les gens de la police. Ils gardent fort bien leurs secrets et ce ne sont pas des imbéciles. Ça me rappelle que...

— Où allez-vous?

— Voir ce que vaut une idée qui m'est venue.

*
* *

Carrie-Louise, ahurie et sceptique, regardait son mari. Elle finit par dire :

— Tu prétends que quelqu'un a essayé de m'empoisonner. Je ne peux pas... Il m'est absolument impossible de le croire.

— J'aurais tant voulu t'épargner cela, ma chérie! dit doucement Lewis.

Miss Marple, qui s'était assise auprès de son amie, hochait la tête avec sympathie.

— Est-ce bien vrai, Jane?

— Je le crains, ma pauvre amie.

— Alors, tout...

Mrs. Serrocold s'interrompit pour reprendre aussitôt :

— J'ai toujours cru que je savais distinguer le vrai du faux. Il y a là une réalité... et elle me semble irréelle... Je peux donc me tromper sur tout... Mais qui peut bien vouloir m'infliger une mort aussi affreuse? Personne, dans cette maison, ne peut désirer ma mort...

Le ton demeurait incrédule.

— C'est ce que je pensais aussi, dit Lewis. J'avais tort.

— Et Christian le savait. Cela explique bien des choses.

— Qu'est-ce que ça explique?

— Son attitude. Je l'ai trouvé bizarre, très différent

de ce qu'il était d'habitude. Il était bouleversé, et je sentais que c'était à cause de moi... J'avais l'impression qu'il voulait me parler, et il ne disait rien. Il m'a demandé si mon cœur était solide, si je m'étais bien portée ces temps derniers. Peut-être essayait-il de me mettre en garde. Mais pourquoi ne m'a-t-il pas parlé clairement ?

— Il ne voulait pas te faire de peine.

Les yeux de Caroline parurent s'agrandir.

— De la peine? Mais pourquoi... Oh! je comprends... Alors, c'est donc cela que tu crois! Mais tu te trompes, Lewis. Tu te trompes complètement, je peux te l'affirmer.

Lewis évitait son regard.

— Je m'en excuse, mais je ne peux pas croire que tout ce qui est arrivé ces jours-ci soit vrai, dit Mrs. Serrocold après un court silence. Qu'Edgar ait tiré sur toi... Que Gina et Stephen... Et cette ridicule histoire de chocolats! Rien de tout cela n'est vrai.

Personne ne parlait. Carrie-Louise soupira.

— J'imagine que j'ai dû vivre pendant très longtemps en dehors de la réalité. Pardonnez-moi. Je voudrais être seule. Il faut que j'essaie de comprendre.

Miss Marple descendit dans le hall. Près de la grande porte cintrée qui donnait sur l'extérieur, elle trouva Alex Restarick, les bras tendus, dans une attitude un peu théâtrale.

— Entrez! Entrez! dit-il d'un ton joyeux et comme si c'était lui le propriétaire du grand hall. J'étais en train de réfléchir à ce qui s'est passé hier soir.

Lewis Serrocold, qui avait suivi Miss Marple, traversa le hall pour aller dans son cabinet dont il referma la porte aussitôt.

— Vous essayez de reconstituer le crime? demanda Miss Marple en s'efforçant de ne pas laisser voir à quel point cette idée l'intéressait.

— Pas exactement. Je considérais tout d'un point de vue entièrement nouveau. Je voyais cette maison comme un théâtre. Je transportais la vie du plan réel sur le plan artificiel. Venez par ici. Imaginez que ce qui nous entoure est un décor : l'éclairage, les entrées, les sorties, les personnages, les bruits de coulisse, tout y est. C'est extrêmement intéressant. Cette idée n'est pas de moi, d'ailleurs, elle me vient de l'inspecteur. Une simple remarque qu'il a faite devant moi. Les effets de scène ne sont une illusion que pour le spectateur... Je crois qu'il est un peu cruel, cet homme. Ce matin, il a fait tout ce qu'il a pu pour m'effrayer.

— A-t-il réussi?

— Je n'en suis pas sûr.

Alex raconta à Miss Marple l'expérience de Curry et le chronométrage de la performance accomplie par le pantelant Dodgett.

— Le temps est si trompeur! dit-il. On croit qu'il en faut beaucoup pour faire les choses, mais ce n'est pas vrai du tout.

— Non. Ce n'est pas vrai, répéta Miss Marple.

Pour représenter le public, elle changea de place. Un mur élevé, recouvert d'une tapisserie, constituait maintenant le fond de la scène. A gauche un piano à queue, à droite une fenêtre avec un divan dans l'embrasure, tout près de la porte de la bibliothèque. Le tabouret du piano n'était guère qu'à deux mètres cinquante de la porte de l'antichambre carrée qui précédait le corridor. Deux sorties très commodes. Le public les voyait également bien l'une et l'autre.

Mais, la veille au soir, le public n'était pas là. C'est-à-dire que personne n'était assis face au décor que regardait Miss Marple. La veille au soir, le public tournait le dos à ce décor.

Miss Marple se demandait combien de temps il aurait fallu pour se glisser hors de la pièce, courir tout le long du corridor, tuer Gulbrandsen et revenir. Beaucoup moins qu'on ne le croirait : un très petit nombre de minutes et de secondes, sans doute.

*
* *

A quoi pouvait bien penser Carrie-Louise lorsqu'elle avait dit à son mari : « C'est donc cela que tu crois! Mais tu te trompes, Lewis! »

La voix d'Alex tira Miss Marple de ses méditations.

— Cette remarque de l'inspecteur au sujet de la réalité d'un décor de théâtre était vraiment très profonde. Fait de bois et de carton fixés ensemble avec de la colle, il est aussi réel du côté qui est peint que de celui qui ne l'est pas. « L'illusion, a-t-il dit, est dans l'œil du spectateur. »

— C'est comme pour les tours de prestidigitation, murmura Miss Marple. L'illusion est produite par un « jeu de glaces ». Je crois que c'est là le terme consacré.

Stephen Restarick entra en coup de vent.

— Dis donc, Alex, tu te souviens d'Ernie Gregg, cette petite crapule?

— Celui qui faisait Feste quand vous avez joué *La nuit des Rois?* Il promettait d'avoir un certain talent, il me semble.

— Oui. Il ne manque pas de talent, et il est

extrêmement adroit. Comme machiniste, il est épatant. Mais ce n'est pas de ça qu'il s'agit. Il s'est vanté auprès de Gina de sortir la nuit pour se balader dans le parc. A l'entendre, il était dehors hier soir et il prétend qu'il a vu quelque chose.

Alex pivota sur ses talons.

— Qu'est-ce qu'il a vu?

— Il ne veut pas le dire. Je suis presque sûr qu'il essaie de faire de l'épate pour se rendre intéressant. C'est un menteur de premier ordre. Mais je me demande, tout de même, s'il ne faut pas qu'on l'interroge.

— Pour l'instant, il vaut mieux ne pas s'occuper de lui, dit vivement Alex. Il ne faut pas trop lui laisser croire que ce qu'il raconte nous intéresse.

— Peut-être... Oui, tu as raison... On verra ce soir.

Stephen passa dans la bibliothèque. Miss Marple, absorbée par son rôle de public ambulant, entra en collision avec Alex qui s'était reculé brusquement.

— Je vous demande pardon, dit-elle.

Alex fronça les sourcils et dit d'un air distrait :

— Excusez-moi... Tiens! C'est vous! ajouta-t-il comme s'il était stupéfait de la voir là.

Cette exclamation, venant de quelqu'un avec qui elle parlait depuis un bon moment parut singulière à Miss Marple.

— Je pensais à autre chose, dit Alex. Ce garçon, Ernie...

Un changement brusque s'était opéré en lui. Il fit un geste vague avec ses mains et alla rejoindre Stephen dans la bibliothèque.

On entendait le murmure de leurs voix derrière la porte fermée, mais c'est à peine si Miss Marple s'en apercevait. La remarque de l'inspecteur, qu'Alex lui avait rapportée, faisait naître dans son esprit quelque chose d'encore assez vague qui accaparait toute son attention. Cette remarque, qui avait déjà donné une idée à Alex, lui en donnait peut-être une à elle aussi. Était-ce la même? En était-ce une autre?

Elle alla se placer à l'endroit où s'était tenu Alex Restarick. « Ceci n'est pas un hall véritable, se dit-elle. Ce n'est que du bois, du carton, de la toile... C'est la scène d'un théâtre... » Des bouts de phrase lui traversaient l'esprit : « Illusion... Aux yeux du public... C'est un jeu de glaces... » Elle pensait aux bocaux à poissons rouges, aux pièces de ruban, aux femmes qui disparaissent... à tous les trucs, à tous les trompe-l'œil de l'art du prestidigitateur...

Une image se formait dans son esprit, suggérée par des mots qu'Alex avait dits, par une description qu'il lui avait faite... L'agent Dodgett haletant, soufflant, après sa course. Le déclenchement s'opéra dans son cerveau... et elle vit clair.

— Mais, naturellement, dit-elle à mi-voix. Ça ne peut être que cela...

*
* *

— Oh! Wally, que tu m'as fait peur!

La haute silhouette de Walter s'était subitement détachée de l'ombre et Gina qui venait du théâtre avait sursauté. Il ne faisait pas tout à fait nuit. Un demi-jour mystérieux régnait encore et les objets perdaient leur aspect réel pour prendre les formes fantastiques qu'ils ont parfois dans les cauchemars.

— Qu'est-ce que tu fais là? Tu ne viens jamais au théâtre d'habitude?

— Je te cherchais peut-être, Gina. C'est l'endroit où on a le plus de chances de te trouver.

La voix douce et un peu traînante de Wally ne laissait deviner aucune arrière-pensée, pourtant Gina éprouva une légère inquiétude en l'entendant.

— Ce travail-là me plaît beaucoup, dit-elle. J'aime l'odeur de la peinture, de la toile, l'atmosphère des coulisses.

— Oui. J'ai bien compris que tu y tenais... Dis-moi, Gina, combien de temps crois-tu qu'il faudra pour éclaircir cette affaire?

— L'enquête du coroner aura lieu demain, mais rien ne sera décidé avant une quinzaine de jours. C'est du moins ce que l'inspecteur nous a donné à entendre.

— Une quinzaine de jours, répéta Walter d'un air pensif. Disons trois semaines. Et après, nous serons libres... A ce moment-là je retournerai en Amérique.

— Oh!... Mais je ne peux pas m'en aller comme ça, sans prendre seulement le temps de me retourner. Je ne peux pas abandonner grand-maman... Et nous avons ces deux nouvelles représentations que nous sommes en train de préparer...

— Je n'ai pas dit « nous ». J'ai dit que « je » partais.

Gina s'arrêta net et regarda son mari. Dans la pénombre, il lui paraissait énorme. Une sorte de géant tranquille, et... peut-être se l'imaginait-elle, un peu menaçant?

Debout devant elle, et la dominant... de quoi la menaçait-il?

— Alors, tu ne veux pas que je parte avec toi?

— Pourquoi? Non. Je n'ai pas dit ça.

— Tu t'en fiches, que je parte ou que je reste? C'est bien ça? demanda-t-elle avec une colère soudaine.

— Écoute, Gina. Nous en sommes au point où une explication est nécessaire. Quand nous nous sommes mariés, nous ne savions pas grand-chose l'un de l'autre, pas grand-chose non plus de nos familles, ni de nos milieux respectifs. Nous pensions que ça n'avait aucune importance. Nous pensions que la seule importance était de mener la belle vie à deux. Maintenant, le premier acte est fini. Ta famille n'a pas eu, et n'a toujours pas, l'air de beaucoup m'apprécier. Elle a peut-être raison. Je suis d'une autre espèce. Mais si tu crois que je vais rester ici à ronger mon frein en faisant des « travaux divers » dans ce que je considère comme une organisation de fous, tu te trompes. Je veux vivre dans mon pays, y faire le genre de travail que j'ai envie de faire et que je suis capable de faire. Tu ne corresponds en rien à l'idée que je m'étais créée de « ma femme ». Sans doute nous sommes-nous mariés trop vite. C'est moi qui l'ai voulu. Dans ces conditions, tu auras raison de te libérer et de recommencer ta vie sur des bases nouvelles. A toi d'en décider. Si tu préfères un de ces artistes, c'est ta vie à toi qui est en cause, tu n'as qu'à choisir. Mais moi, je rentre chez moi.

— Tu es le dernier des mufles! répliqua Gina. Moi, je m'amuse beaucoup ici!

— Vraiment? Eh bien! pas moi! Alors, tout t'amuse? Même un meurtre?

Gina sursauta.

— C'est cruel et injuste, ce que tu dis là! J'aimais beaucoup l'oncle Christian; et te rends-tu compte que, depuis des mois, quelqu'un cherche à empoisonner grand-maman? C'est horrible!

— Je t'ai assez dit que je n'aimais pas cet endroit. Je n'aime pas non plus ce qui s'y passe. Aussi, je m'en vais!

— Si on t'y autorise. Tu ne vois donc pas qu'on va sans doute t'arrêter? On croit que c'est toi qui as tué l'oncle Christian. J'ai horreur de cette façon qu'a l'inspecteur Curry de te regarder. Il est exactement comme un chat qui guette une souris avec ses horribles griffes en avant, prêt à bondir. Je suis sûr qu'ils vont te coller ça sur le dos, uniquement parce que tu es sorti du hall pour remettre le plomb et parce que tu n'es pas anglais!

— Il faudra d'abord qu'ils aient des preuves.

— J'ai peur, Wally. J'ai peur pour toi dès le début.

— Ça ne sert à rien d'avoir peur. Je te dis qu'ils n'ont aucune preuve contre moi.

Ils se dirigeaient en silence vers la maison, lorsque Gina reprit :

— Je crois que tu n'as aucune envie que je retourne en Amérique avec toi.

Walter ne répondit pas.

Gina se tourna vers lui en tapant du pied.

— Je te déteste! Je te déteste! Tu es une brute! Une brute odieuse et sans cœur! Tu t'en fiches bien de ne plus jamais me revoir! Eh bien! je m'en fiche, moi aussi, de ne plus jamais te revoir! J'ai été bien bête de t'épouser. Je vais divorcer aussi vite que je pourrai. Ensuite, j'épouserai Alex ou Stephen et je serai beaucoup plus heureuse que je ne pourrai jamais l'être avec toi!

— Bravo! s'écria Walter. Comme ça nous savons où nous en sommes!

*
* *

Miss Marple vit Gina et Walter entrer ensemble dans la maison. Elle se tenait à l'endroit où quelques heures plus tôt l'inspecteur Curry avait procédé à son expérience avec l'agent Dodgett.

Miss Bellever la fit sursauter, en disant derrière elle :

— Miss Marple, vous allez prendre froid si vous restez comme ça dehors sans bouger après le coucher du soleil.

Docilement, Miss Marple lui emboîta le pas et elles marchèrent à vive allure jusqu'à la maison.

— Je pensais, dit Miss Marple, aux trucs des prestidigitateurs, si difficiles à comprendre quand on les observe, et si simples une fois qu'on vous les a expliqués. Avez-vous jamais vu « La femme sciée en deux »? Ça vous donne le frisson. C'est un tour qui me fascinait lorsque j'avais onze ans. Je m'en souviens encore. Je n'ai jamais pu découvrir comment on le réussit. Et, l'autre jour, j'ai lu dans un journal un article où on l'expliquait. Il paraît qu'il n'y a pas une, mais deux femmes. On voit la tête de l'une et les pieds de l'autre. On croit qu'il n'y en a qu'une et, en réalité, elles sont deux... Et, dans l'autre sens, ça marcherait tout aussi bien.

Miss Bellever la considérait avec perplexité. Miss Marple était rarement aussi incohérente. Tous ces événements, c'était vraiment trop pour une vieille personne comme elle.

— Quand on ne regarde qu'un côté des choses, on

ne voit que ce côté-là, continua Miss Marple, mais si on arrive à déterminer la part de la réalité, et celle de l'illusion, tout devient clair.

Puis elle ajouta soudain :

— Et Carrie-Louise?... Comment va-t-elle?

— Elle va très bien, répondit Miss Bellever. Mais, vous savez, ça a dû être un coup terrible d'apprendre que quelqu'un voulait la faire mourir et particulièrement pour elle qui ne conçoit pas la violence.

— Carrie-Louise comprend bien des choses qui nous échappent, dit Miss Marple d'un ton pensif. Et il en a toujours été ainsi.

— Je sais ce que vous voulez dire. Mais elle vit en dehors de la réalité.

— Croyez-vous?

Miss Bellever regarda la vieille demoiselle avec étonnement.

— Je ne connais personne qui soit aussi complètement en dehors de la vie que Cara.

— Ne croyez-vous pas que peut-être...

Miss Marple s'interrompit en entendant quelqu'un courir derrière elles. C'était Edgar Lawson. Il salua d'un air gêné et détourna la tête en les dépassant.

— J'y suis! dit Miss Marple. Ça m'est revenu subitement. Ce garçon me rappelle un certain Léonard Wylie. Son père qui était dentiste devenait vieux. Il perdait la vue, ses mains commençaient à trembler et les gens préféraient se faire soigner par le fils. Mais le vieux était malheureux comme les pierres, il n'arrêtait pas de geindre et de proclamer qu'il n'était plus bon à rien. Léonard, qui avait le cœur tendre et qui était un peu bête, se mit à faire comme s'il buvait plus que de raison. Il sentait toujours le whisky et faisait semblant d'avoir un verre dans le nez quand il venait des clients, persuadé qu'ils iraient de nouveau trouver son père sous prétexte que le fils n'était pas à la hauteur.

— L'ont-ils fait?

— Bien sûr que non. Ils sont allés trouver Mr. Reilly, le concurrent. Bien des gens qui ont du cœur manquent de bon sens. De plus, Léonard Wylie ne savait pas s'y prendre. Il n'avait aucune idée de ce qu'est un ivrogne. Il exagérait... Il répandait du whisky sur ses habits et, à ce point-là, c'était tout à fait invraisemblable.

Elles entrèrent dans la maison par la porte latérale et trouvèrent la famille rassemblée dans la bibliothèque.

Lewis arpentait la pièce de long en large et l'atmosphère était particulièrement tendue.

— Qu'est-ce qui se passe? demanda Miss Bellever.

— Ernie Gregg manque à l'appel ce soir, dit sèchement Lewis.

— Il s'est sauvé?

— Nous l'ignorons. Maverick et une partie du personnel sont en train de battre toute la propriété. Si on ne le retrouve pas, il faudra prévenir la police.

— Grand-maman! vous avez l'air malade!

Gina, émue de la pâleur de Carrie-Louise, avait couru auprès d'elle.

— Non. Mais j'ai du chagrin. Le pauvre garçon!

— Je comptais lui demander tout à l'heure s'il avait vu quelque chose d'extraordinaire hier soir. On m'a proposé une bonne situation pour lui, et je pensais qu'après lui en avoir parlé je pourrais aborder facilement l'autre sujet. Maintenant...

Il n'en dit pas davantage.

— Petit sot!... Pauvre petit sot! murmura doucement Miss Marple en hochant la tête.

— Je vous ai ratée au théâtre, Gina! s'écria Stephen en entrant. J'ai cru que vous aviez dit... Hein? Qu'est-ce qu'il y a?

Lewis répéta son explication et, avant que Stephen eût dit un mot, des voix se firent entendre dans le vestibule.

La porte s'ouvrit brusquement et le docteur Maverick entra en chancelant. Il était pâle comme la mort.

— Nous l'avons trouvé... Nous « les » avons trouvés... C'est horrible!...

Haletant, il s'effondra sur un siège et s'épongea le front.

— Que voulez-vous dire?... Vous « les » avez trouvés? demanda vivement Mildred Strete.

Maverick tremblait des pieds à la tête.

— Là-bas... au théâtre, dit-il. Leurs deux têtes écrasées... Le grand contrepoids a dû tomber sur eux... Alex Restarick et le petit Ernie Gregg. Ils sont morts tous les deux!

*
* *

— Carrie-Louise, je t'apporte dans cette tasse un potage qui te remontera, dit Miss Marple. Fais-moi le plaisir de le boire.

Mrs. Serrocold s'assit dans son grand lit. Elle était si petite qu'elle avait l'air d'une enfant. Ses joues avaient perdu leurs couleurs, et on lisait dans ses yeux que ses pensées l'avaient emmenée très loin.

Elle prit docilement la tasse que lui tendait Miss Marple. Tandis qu'elle buvait le potage à petites gorgées, sa vieille amie s'assit dans un fauteuil à côté de son lit.

— D'abord Christian... dit Carrie-Louise, et maintenant Alex... et ce pauvre petit Ernie, qui était à la fois si sot et si rusé! Est-ce que, vraiment, il savait quelque chose?

— Je ne crois pas, répondit Miss Marple. Il a menti, voilà tout... pour faire l'important, il a laissé entendre qu'il savait quelque chose... Par malheur, quelqu'un l'a cru.

Carrie-Louise frissonna, son regard redevint lointain.

— Nous voulions tant faire pour ces garçons! Nous avions obtenu des résultats. Quelques-uns ont admirablement réussi. Plusieurs ont maintenant des situations qui exigent de réelles compétences. D'autres sont retombés. C'est inévitable... Dans la civilisation moderne tout est devenu si complexe... Trop complexe pour des natures simples qu'on n'a pas aidées à se développer. Tu connais le grand projet de Lewis? Il a toujours été convaincu que, dans le passé, la transplantation a sauvé de nombreux individus qui semblaient destinés à devenir des criminels. On les embarquait pour des pays lointains, et ils recommençaient leur vie dans un milieu moins compliqué. C'est sur cette idée, adaptée à notre temps, qu'est fondé le projet de Lewis. Il voulait acheter un vaste territoire, ou un archipel, pour y créer, en prenant tous les frais à sa charge pendant quelques années, une société coopérative qui se suffirait à elle-même et dont les bénéfices seraient partagés entre les sociétaires. Cette colonie serait suffisamment isolée pour que la tentation... tout à fait normale au début... de retourner dans les villes et d'y reprendre de mauvaises habitudes, soit neutralisée. C'est son rêve. Il faudra beaucoup d'argent pour le réaliser, et, de nos jours, il n'y a guère de philanthropes qui voient loin dans l'avenir...

Miss Marple avait pris sur la table des petits ciseaux qu'elle examinait avec curiosité.

— Quels drôles de ciseaux! dit-elle. Il y a deux anneaux d'un côté, et un seul de l'autre.

Carrie-Louise sembla revenir de très loin.

— C'est Alex qui me les a donnés ce matin, dit-elle. Ce troisième anneau permet, paraît-il, de couper plus facilement les ongles de la main droite. Cher Alex, tout l'enthousiasmait! Il m'a obligée à m'en servir tout de suite.

— Et je suppose qu'après avoir ramassé les rognures d'ongles, il les a emportées pour ne pas laisser de désordre.

— Oui. Il...

Elle s'arrêta brusquement et reprit :

— Pourquoi dis-tu ça?

— Je pensais à Alex. Il était intelligent. Oui. Il était très intelligent.

— Tu crois que c'est pour ça qu'il est mort?

— Oui.

— Ernie et lui... Je ne peux pas y penser! Quand est-ce arrivé d'après toi?

— A la fin de l'après-midi. Probablement entre six et sept heures.

— Après le travail?

— Oui...

— Gina était au théâtre à ce moment-là... Wally Hudd aussi, et Stephen était allé voir si Gina était là-bas... En somme, n'importe qui avait pu...

Miss Marple fut interrompue dans ses réflexions par Carrie-Louise, qui lui posait d'un ton calme une question inattendue :

— Qu'est-ce que tu sais, Jane?

Miss Marple leva vivement la tête. Les yeux des deux femmes se rencontrèrent et Miss Marple dit lentement :

— Si j'étais tout à fait sûre...

— Je crois que tu l'es, Jane.

Jane Marple demanda sur le même ton :

— Que veux-tu que je fasse?

Carrie-Louise se laissa retomber sur son oreiller.

— Je m'en remets à toi, mon amie. Fais ce que tu croiras devoir faire.

Elle ferma les yeux.

— Demain... dit Miss Marple. (Et elle hésita un instant.) Demain, j'essaierai de parler à l'inspecteur Curry... s'il consent à m'écouter.

CONCLUSION

MISS MARPLE EXPLIQUE TOUT

— Et alors, Miss Marple? dit l'inspecteur Curry avec une certaine impatience.

— Nous pourrions peut-être aller dans le grand hall, si vous n'y voyez pas d'inconvénient, répondit Miss Marple.

L'inspecteur parut un peu surpris.

— Vous croyez que c'est là que nous éviterons des indiscrétions? Ce bureau me paraît tout indiqué... dit-il en regardant autour de lui.

— Je ne pensais pas à éviter les indiscrétions. Je voudrais vous montrer quelque chose que j'ai remarqué grâce à Alex Restarick.

L'inspecteur étouffa un soupir, se leva et suivit Miss Marple.

— Est-ce que quelqu'un vous a parlé? demanda-t-il, espérant une réponse affirmative.

— Non, dit Miss Marple. Il ne s'agit pas de ce que les gens ont pu me raconter. Il s'agit de procédés employés par les prestidigitateurs... de jeux de glaces... Vous comprenez ce que je veux dire?

L'inspecteur Curry ne comprenait pas du tout. Il

écarquillait les yeux et se demandait si Miss Marple avait toute sa tête.

Elle s'arrêta et lui fit signe de se placer à côté d'elle.

— Tâchez de vous imaginer que ce hall est un décor de théâtre, inspecteur. Voyez les choses comme elles étaient le soir où Christian Gulbrandsen a été tué. Vous faites partie du public qui regarde les acteurs sur la scène. Je suis là avec Mrs. Serrocold, Mrs. Strete, Gina et Stephen, et comme sur un vrai théâtre, les personnages entrent et sortent. Ils vont dans différents endroits, mais, vous qui faites partie du public, vous ne vous demandez pas où ils vont en réalité. D'après la pièce qu'ils jouent, ils vont soit à la cuisine, soit dans le vestibule, et, quand la porte s'ouvre, vous apercevez un petit morceau de toile peinte. Mais en réalité, et cela va de soi, ils vont dans les coulisses ou rejoignent derrière la scène les charpentiers, les électriciens et les autres personnages qui attendent leur tour. Ils entrent dans un monde qui n'a aucun rapport avec celui qu'ils viennent de quitter.

— Je ne vois pas très bien, Miss Marple.

— Oui. Je sais, tout cela doit vous paraître idiot. Mais si vous vous imaginez que vous êtes au théâtre et que la scène représente « Le grand hall de Stonygates », qu'y a-t-il exactement derrière le décor? Ou, plutôt, qu'est-ce qui constitue les coulisses? *La terrasse,* n'est-ce pas? *Et une quantité de fenêtres ouvrent sur la terrasse.* Et c'est comme ça que le tour de prestidigitation a été réussi. C'est le tour de « La femme sciée en deux » qui m'y a fait penser.

— La femme sciée en deux?

Cette fois, l'inspecteur Curry avait acquis la certitude que Miss Marple était complètement folle.

— C'est un tour sensationnel. Vous l'avez sûrement vu... Seulement, en réalité, il y a deux femmes. On voit la tête de l'une et les pieds de l'autre. On dirait qu'il n'y a qu'une personne, mais, en réalité, il y en a deux. Et je me suis dit qu'on pouvait tout aussi bien faire juste le contraire. On verrait alors deux personnes, et il n'y en aurait qu'une.

— On verrait deux personnes et il n'y en aurait qu'une?...

L'inspecteur ne savait plus où il en était.

— Oui. Pas pendant longtemps. Votre agent de police a mis deux minutes quarante-deux secondes, n'est-ce pas? pour aller en courant du parc à la maison et revenir à son point de départ. Je suis sûre qu'il a fallu moins de deux minutes pour faire cela.

— Pour faire quoi?

— Le tour de prestidigitation. Le tour où il n'y avait pas deux personnes, mais une seule. Là... dans le bureau. En ce moment, nous ne regardons que la partie visible, la scène. Au-delà du décor, il y a la terrasse et *une rangée de fenêtres.* Si deux personnes se trouvent dans le bureau, il est facile à l'une d'elles de sortir par la fenêtre, de courir sur la terrasse (Alex a entendu des pas précipités), d'entrer par la porte latérale, de tuer Gulbrandsen et de revenir en courant. Pendant ce temps, la personne qui est restée dans le bureau parle et imite la voix de l'autre, de sorte que nous avons la certitude qu'ils sont deux dans la pièce. Et c'était vrai, sauf pendant cet intervalle qui a duré moins de deux minutes.

Curry respirait plus librement. Il retrouva l'usage de la parole.

— Alors, vous croyez que c'est Edgar Lawson qui

courait sur la terrasse et qui a tué Gulbrandsen? Et vous croyez que c'est lui qui a cherché à empoisonner Mrs. Serrocold?

— Voyez-vous, inspecteur, *personne n'a cherché à empoisonner Mrs. Serrocold.* C'est là qu'intervient la fausse indication. Quelqu'un a fort adroitement tiré parti du fait que les douleurs rhumatismales dont souffrait Mrs. Serrocold ne sont pas sans analogie avec les symptômes de l'empoisonnement par l'arsenic. C'est le vieux truc du prestidigitateur, qui consiste à vous forcer à prendre une carte déterminée... Il est facile de mettre quelques gouttes d'arsenic dans une bouteille de médicament et d'ajouter quelques lignes à une lettre dactylographiée. Et la raison qui a ramené Mr. Gulbrandsen ici est la plus vraisemblable de toutes. Il est revenu pour s'occuper de la fondation Gulbrandsen. Une question d'argent. Supposez qu'il y ait eu un détournement de fonds... un détournement de fonds extrêmement important... Vous voyez où cela nous mène?... Nous ne pouvons penser qu'à une seule personne...

— Lewis Serrocold?

— Lewis Serrocold.

*
* *

Fragments d'une lettre de Gina Hudd à sa tante Van Rydock :

... Et vous comprenez tante chérie, que c'était un véritable cauchemar, à la fin surtout. Je vous ai déjà parlé de ce jeune homme ridicule, Edgar Lawson. Il m'a toujours fait penser à un lapin... Quand l'inspecteur s'est mis à lui poser des questions embarrassantes il a perdu

tout sang-froid et il a filé comme un lapin. C'est tout à fait ça : il a perdu son sang-froid et il est parti en courant. Comme je vous le dis. Il a sauté par la fenêtre, il a fait le tour de la maison. Dans l'avenue, un agent de police a voulu l'empêcher de passer, alors il a fait un écart et s'est précipité vers la pièce d'eau. Il a sauté sur un vieux bateau plat tout pourri, qui était là depuis des années et qui tombait en morceaux, et il s'est éloigné du bord en poussant avec une rame. C'était de la folie pure, mais comme je vous le dis, il n'était qu'un lapin épouvanté.

Alors, Lewis a poussé un grand cri : « Ce bateau est pourri! » et il a couru à toute vitesse, lui aussi, jusqu'à la pièce d'eau. Le bateau a sombré, Edgar se débattait dans l'eau, il ne savait pas nager. Lewis s'est jeté à l'eau et s'est mis à nager dans sa direction. Il a pu aller jusqu'à lui, mais ils étaient aussi en danger l'un que l'autre dans l'eau profonde, à cause des roseaux. Un des policiers est entré dans les roseaux, lui aussi, et il a fallu le ramener sur le bord en tirant sur la corde.

Tante Mildred s'est mise à crier : « Ils vont se noyer! Ils vont se noyer! Ils vont se noyer tous les deux!... » sur un ton un peu bête, et grand-maman a dit simplement : « Oui. » Je ne peux pas vous donner une idée du ton sur lequel elle a prononcé cet unique mot : « Oui. » C'est tout, et on aurait dit qu'une épée vous traversait le corps.

Ensuite, on les a sortis de l'eau et on a essayé de les ranimer. Mais la respiration artificielle n'a servi à rien. Alors, l'inspecteur est venu nous trouver et a dit à grand-maman : « Je crains, Mrs. Serrocold, qu'il n'y ait plus d'espoir. »

Grand-maman a répondu très calmement : « Merci,

inspecteur » et elle nous a tous regardés. Moi, j'aurais bien voulu être utile à quelque chose, mais je ne savais pas comment m'y prendre. Jolly, grave et attendrie, était prête, comme d'habitude, à donner ses soins à grand-maman. Stephen lui a tendu les mains. La vieille Miss Marple, qui est si cocasse, avait l'air tellement triste, on voyait qu'elle était fatiguée. Wally lui-même paraissait bouleversé. Nous aimons tous beaucoup grand-mère et tous, nous aurions voulu pouvoir l'aider.

Mais grand-maman a seulement dit : « Mildred! » et tante Mildred a répondu : « Ma mère! » Et elles sont rentrées ensemble dans la maison. Grand-mère paraissait toute petite et si frêle! Tante Mildred lui donnait le bras. Jusque-là, je ne m'étais jamais rendu compte qu'elles s'aimaient si tendrement. Ça ne se voyait pas beaucoup, vous savez.

Gina s'arrêta, suça son stylo et se remit à écrire :

Wally et moi, nous comptons rentrer aux États-Unis le plus tôt possible...

*
* *

Miss Marple regardait d'un air pensif les deux personnes qui se trouvaient avec elle dans la pièce : Carrie-Louise, plus maigre et plus frêle que jamais, malgré son impassibilité surprenante, et le vieux docteur Galbraith, évêque de Cromer, dont les beaux cheveux blancs encadraient la figure douce et souriante.

L'évêque prit la main de Carrie-Louise dans la sienne.

— C'est un grand chagrin pour vous, ma pauvre

enfant, et vous avez dû en être bouleversée.

— Oui. C'est un grand chagrin, mais je n'ai pas été bouleversée.

Mrs. Serrocold se tourna vers Miss Marple :

— Qu'est-ce qui t'a fait deviner la vérité, Jane?

— A vrai dire, c'est toi, Carrie-Louise, répondit Miss Marple, et on aurait pu croire qu'elle cherchait à s'excuser. Dès que je me suis rendu compte que les gens se trompaient quand ils racontaient que tu vivais dans un monde à part, et que tu avais perdu contact avec la réalité, j'ai commencé à entrevoir la vérité : c'est-à-dire que tu vivais bel et bien dans le réel, et non dans un monde illusoire. Tu n'es jamais le jouet d'une illusion, comme la plupart d'entre nous. Lorsque, soudain, je m'en suis aperçue, j'ai compris que c'étaient tes sentiments et ta manière de voir qui devaient me guider. Tu étais sûre que personne ne cherchait à t'empoisonner. Tu ne pouvais pas le croire... et tu avais raison : ce n'était pas vrai. Tu n'as jamais cru qu'Edgar pourrait faire mal à Lewis... et, là encore, tu avais raison : il ne lui aurait jamais fait de mal. Tu étais sûre que Gina n'aimait que son mari, et c'était exact.

» Donc, si je devais me laisser guider par toi, tout ce qui paraissait vrai n'était qu'illusions. Et ces illusions étaient créées avec une intention précise... Un prestidigitateur n'agit pas autrement pour tromper son public. Nous étions le public.

» Alex Restarick a pressenti la vérité avant moi, parce qu'il a eu l'occasion de voir les choses sous un angle différent... Il les a vues de l'extérieur. Il était dans l'avenue avec l'inspecteur et regardait la maison. Il s'est rendu compte du parti qu'on pouvait tirer des fenêtres et s'est souvenu d'avoir entendu quelqu'un courir dans le brouillard. Ensuite, le chronométrage de la course de l'agent de police lui a prouvé qu'il faut bien moins de temps qu'on ne l'imagine pour faire certaines choses. L'agent était très essoufflé et, plus tard, pensant à ce détail, je me suis souvenue que Lewis Serrocold était très essoufflé quand il a ouvert la porte de son bureau, ce soir-là. Il venait de courir très vite.

» Mais, dans tout cela, c'était Edgar Lawson le pivot. Je me suis toujours méfiée d'Edgar Lawson. Tout ce qu'il disait ou faisait cadrait exactement avec ce qu'on voulait nous faire croire qu'il était, mais il y avait chez lui quelque chose qui clochait. Ce garçon, parfaitement normal, qui jouait le rôle d'un demi-fou, dépassait tout le temps la mesure. Il était toujours théâtral.

» Évidemment, tout cela a été conçu et préparé avec le plus grand soin. Lewis a dû se rendre compte, lorsque Mr. Gulbrandsen est venu ici, le mois dernier, qu'il avait des soupçons. Et il connaissait assez bien Christian Gulbrandsen pour savoir qu'il n'aurait pas de cesse qu'il ne se fût assuré si ses soupçons étaient fondés ou non.

Carrie-Louise intervint :

— Oui, c'était bien dans son caractère. Christian était lent, mais il se donnait du mal et il était très avisé. J'ignore ce qui a pu éveiller ses soupçons, mais il est allé jusqu'au fond des choses... et il a découvert la vérité.

— Je me reproche de n'avoir pas été un administrateur plus consciencieux, dit l'évêque.

— On n'a jamais pensé que vous pourriez vous

intéresser aux questions financières, déclara Carrie-Louise. Au début, c'était le domaine de Mr. Gilfoy. Après sa mort, comme Lewis avait une grande expérience des affaires, on l'a laissé tout diriger à son idée, et c'est ce qui lui a fait perdre la tête.

Un peu de rose monta aux joues de Mrs. Serrocold.

— Lewis était un homme remarquable, dit-elle. Il voyait grand et il avait la conviction que tout est possible... avec de l'argent. Il ne le désirait pas pour lui. Du moins, ce n'était ni la cupidité, ni le sentiment vulgaire qui l'influençaient. Il voulait la puissance que donne l'argent. Il voulait être assez puissant pour pouvoir faire beaucoup de bien.

— Il voulait être Dieu, dit l'évêque.

Et, soudain, sa voix devint sévère :

— Il oubliait que l'homme n'est que l'humble instrument de la volonté de Dieu.

— Et... il a détourné... les capitaux de la Fondation ? demanda Miss Marple.

— Ce n'est pas tout...

Le docteur Galbraith hésita.

— Ne lui cachez rien, dit Carrie-Louise, elle est ma plus vieille amie.

— Sur le plan financier, Lewis Serrocold était un véritable sorcier, dit l'évêque. A l'époque où il exerçait, avec une haute compétence, les fonctions d'expert-comptable, il s'était amusé à mettre au point divers procédés permettant de commettre des escroqueries presque sans risques. Il s'agissait là de recherches purement académiques. Mais quand il en vint à envisager tout ce qu'il pourrait entreprendre s'il possédait beaucoup d'argent, il mit ces procédés en pratique. C'est qu'aussi il avait à sa disposition des éléments exceptionnels. En choisissant parmi les garçons qui passaient ici, il forma une petite bande triée sur le volet. Ces garçons, que leurs dispositions naturelles poussaient au mal, aimaient les sensations fortes et beaucoup d'entre eux étaient très intelligents.

L'évêque se tut un instant et reprit :

— Nous sommes encore loin d'avoir tout éclairci, mais il paraît certain que les membres de cette organisation secrète recevaient une formation spéciale, après quoi ils étaient placés dans des positions clefs, où, se conformant aux instructions de Lewis, ils falsifiaient les livres dans des conditions qui ont permis le détournement de sommes considérables, sans jamais éveiller de soupçons. D'après ce qu'on m'a dit, ces opérations et leurs ramifications sont si compliquées qu'il faudra des mois aux experts pour tout débrouiller. Je sais déjà que, sous des noms différents, Lewis Serrocold avait des comptes dans plusieurs banques et des intérêts dans plusieurs sociétés. Il aurait bientôt pu disposer d'une somme colossale, avec laquelle il avait l'intention de fonder une colonie dans un pays lointain. Là, il aurait procédé à une expérience d'ordre coopératif grâce à laquelle de jeunes délinquants seraient devenus, en fin de compte, propriétaires et administrateurs de ce territoire. C'était sans doute un rêve fantastique...

— C'était un rêve qui aurait pu se réaliser, dit Carrie-Louise.

— Oui. Peut-être. Mais les moyens adoptés par Lewis Serrocold étaient malhonnêtes et Christian Gulbrandsen s'en est aperçu. Il était d'autant plus troublé qu'il comprenait ce que cette découverte et les poursuites qu'on engagerait sans doute allaient être pour vous, Carrie-Louise.

— Voilà pourquoi il m'a demandé si mon cœur était solide, dit Mrs. Serrocold. Il était très préoccupé de ma santé et je n'en voyais pas la raison.

— Lewis est rentré de son voyage dans le Nord, continua l'évêque. Christian l'a rencontré devant la maison et lui a dit qu'il savait ce qui se passait. Je crois que Lewis a pris cela avec calme. Ils ont décidé ensemble de faire tout ce qu'ils pourraient pour vous ménager. Christian a dit qu'il allait m'écrire pour me demander de venir, étant donné que j'étais administrateur de la Fondation, moi aussi, pour examiner la situation.

— Mais, naturellement, dit Miss Marple, Lewis avait prévu cette éventualité. Il avait tout préparé d'avance. Il avait amené ici le jeune homme qui devait jouer le rôle d'Edgar Lawson. Il va de soi qu'il existe un Edgar Lawson. Il le fallait bien, pour le cas où la police aurait cherché à se renseigner sur le faux Edgar. Celui-ci savait exactement ce qu'il avait à faire... Jouer le rôle d'un grand nerveux qui se croit persécuté, et assurer à Lewis Serrocold un alibi pendant quelques minutes d'une importance vitale.

» Et ce n'est pas tout. Lewis avait imaginé d'avance cette histoire d'empoisonnement. Quelqu'un cherchait à te faire mourir lentement, Carrie-Louise... Et, tout bien examiné, cette histoire était fondée uniquement sur ce que Christian avait soi-disant raconté à Lewis... et sur quelques mots ajoutés par ce celui-ci, pendant qu'il attendait la police, à la lettre qui était sur la machine à écrire! Il était facile de mettre de l'arsenic dans le fortifiant, et cela ne présentait aucun danger pour toi... Lewis était là pour t'empêcher de le prendre. Les chocolats ont complété le tableau. Naturellement, ceux qui se trouvaient dans la boîte quand tu l'as reçue n'étaient pas empoisonnés, mais avant de la remettre à l'inspecteur Curry, Lewis les a remplacés par d'autres qui l'étaient.

— Et Alex l'avait deviné, dit Carrie-Louise.

— Oui. C'est pour ça qu'il t'avait donné ces petits ciseaux. On aurait trouvé de l'arsenic dans tes ongles, si tu en avais absorbé pendant longtemps.

— Lewis courait certainement un risque énorme en prenant Edgar pour complice, même s'il avait un grand ascendant sur lui, dit l'évêque.

— Non, répondit Carrie-Louise. Ce n'était pas tout à fait cela. Edgar aimait vraiment Lewis.

— Oui, murmura Miss Marple, comme Léonard Wylie aimait son père. Je me demande...

La délicatesse l'empêcha d'en dire davantage.

— La ressemblance ne t'a pas échappé? murmura Carrie-Louise.

— Tu l'as donc toujours su?

— Je l'ai deviné. Je savais que jadis avant de me connaître, Lewis avait eu un sentiment passager pour une actrice. Il m'en avait parlé. Je suis convaincue qu'Edgar était son fils.

— Ça explique tout, dit Miss Marple.

— Et, pour finir, Lewis a donné sa vie pour lui.

Carrie-Louise jeta un regard suppliant à l'évêque et ajouta :

— C'est vrai, vous savez.

Il y eut un long silence, puis Mrs. Serrocold reprit :

— Je suis heureuse que tout ait fini ainsi, qu'il ait donné sa vie dans l'espoir de sauver cet enfant. Un homme qui peut être très bon peut également être très mauvais. Je n'ai jamais ignoré que c'était le cas pour Lewis.

Et elle ajouta très simplement :

— Mais il m'aimait beaucoup et je l'aimais aussi.

*
* *

— Je crois que grand-maman fera très bon ménage avec tante Mildred, dit Gina. Tante Mildred est devenue beaucoup plus gentille, moins bizarre. Vous voyez ce que je veux dire?

— Je vois très bien, dit Miss Marple.

— Alors, nous allons partir pour les États-Unis dans une quinzaine de jours, Wally et moi.

Gina regarda son mari du coin de l'œil.

— J'oublierai Stonygates, l'Italie, tout mon passé de jeune fille, et je deviendrai une Américaine cent pour cent. Nous appellerons toujours notre fils Junior. Il me semble que je ne peux pas mieux dire. Qu'en penses-tu, Wally?

Miss Marple les regardait l'un après l'autre, en se disant qu'il est bon de voir deux jeunes êtres si tendrement amoureux. Walter Hudd était transformé. Le maussade garçon qu'il était naguère avait fait place à un jeune géant souriant et toujours de bonne humeur.

— Vous deux, vous me rappelez... commença-t-elle.

Gina bondit et posa la main sur les lèvres de la vieille demoiselle, en s'écriant :

— Non, chérie, taisez-vous! Je me méfie de ces comparaisons. Avec les campagnardes, le mot de la fin est toujours venimeux! Au fond, vous n'êtes qu'une vieille coquine, vous savez!

Le regard de Gina se voila et elle reprit tout doucement :

— Quand je pense à vous, à tante Ruth, à grand-maman, comme à trois jeunes filles ensemble, j'ai beau chercher comment vous étiez, je n'arrive pas à l'imaginer...

— Vous ne pouvez pas l'imaginer, dit Miss Marple. C'est si loin dans le passé...

Le Club des Masques

BARNARD Robert
535 Du sang bleu sur les mains
557 Fils à maman
CARR J.D.
604 Le sphinx endormi
605 La maison de la terreur
606 Trois cercueils se refermeront
607 Les yeux en bandoulière
CASSELLS John
465 Solo pour une chanteuse
CHRISTIE Agatha
(86 titres parus, voir catalogue général)
DIDELOT Francis
524 La loi du talion
488 Le double hallali
ENDRÈBE Maurice Bernard
543 Gondoles pour le cimetière
EXBRAYAT
(96 titres parus, voir catalogue général)
FERRIÈRE Jean-Pierre
515 Cadavres en vacances
536 Cadavres en goguette
FOLEY Rae
527 Requiem pour un amour perdu
HINXMAN Margaret
542 Le cadavre de 9 h 32 entre en gare
LONG Manning
519 Noël à l'arsenic
529 Pas d'émotions pour Madame
LOVESEY P.
609 Le Medium a perdu ses esprits
610 Le Bourreau prend la pose
RENDELL Ruth
451 Qui a tué Charlie Hatton?
501 L'analphabète *(avril 92)*
510 La danse de Salomé *(avril 92)*
551 Le petit été de la Saint-Luke *(avril 92)*
601 Morts croisées
602 Le lac des ténèbres
603 Une amie qui vous veut du bien
617 Ces choses-là ne se font pas *(avril 92)*
SALVA Pierre
503 Le trou du diable
SIMPSON Dorothy
533 Le chat de la voisine
STEEMAN Stanislas-André
586 L'assassin habite au 21
587 Six hommes morts
588 Le condamné meurt à 5 heures
589 Légitime défense (Quai des Orfèvres)
590 Le trajet de la foudre
592 La nuit du 12 au 13
594 Le mannequin assassiné
596 Un dans trois
600 La morte survit au 13
608 Le démon de Sainte-Croix
613 Que personne ne sorte (Six hommes à tuer)
614 Poker d'enfer *(mars 92)*
TERREL Alexandre
611 Le Témoin est à la noce
612 La morte à la fenêtre
THOMSON June
521 La Mariette est de sortie
532 Champignons vénéneux
UNDERWOOD Michaël
531 La main de ma femme
538 La déesse de la mort

Les Maîtres du Roman Policier

Première des collections policières en France, Le Masque se devait de rééditer les écrivains qu'il a lancés et qui ont fait sa gloire.

AMELIN Michel
1952 Les jardins du casino
(Prix du Festival de Cognac 1989)
ANDREOTA Paul
1935 La pieuvre
1975 Zigzags
BARDIN John F.
2025 Qui veut la peau de Philip Banter?
BAXT George
2049 Le meurtre d'Alfred Hitchcock
2085 Crime et sentiment *(avril 92)*
BERKELEY Anthony
1880 Une erreur judiciaire
1911 Le gibet imprévu
2008 Sans remords
BIGGERS Earl Derr
1730 Le perroquet chinois
BOILEAU Pierre
252 Le repos de Bacchus
(Prix du Roman d'Aventures 1938)
1938 La pierre qui tremble
1774 Six crimes sans assassin
BOILEAU-NARCEJAC
1748 L'ombre et la proie
1868 La poudrière
1889 La justice d'Arsène Lupin
BONETT J. & E.
1916 Mort d'un lion
BURLEY W. J.
1762 On vous mène en bateau
BRETT Simon
1813 Les coulisses de la mort
1972 Les gens de Smithy's
2086 D'amour et d'eaux troubles
(avril 92)
BRUCE Leo
261 Trois détectives
1788 Sang-froid

CARR John Dickson
719 Passe-passe
1274 Impossible n'est pas anglais
1802 Le marié perd la tête
1843 Les yeux en bandoulière
1850 Satan vaut bien une messe
1863 La maison du bourreau
1876 La mort en pantalon rouge
1891 Le naufragé du Titanic
1906 Meurtre après la pluie
1910 La maison de la terreur
1926 Patrick Butler à la barre
1946 La police est invitée
1950 Mort dans l'ascenseur
1954 Les meurtres de Bowstring
1957 Le retour de Bencolin
1960 Le meurtre des mille et une nuits
1968 Eh bien, tuez maintenant!
1973 A réveiller les morts
1976 Arsenic et boutons de manchette
1979 Lune sombre
1986 La chambre ardente
1991 Hier, vous tuerez
2001 Capitaine Coupe-gorge
2005 Le mort frappe à la porte
2007 Il n'aurait pas tué patience
2012 Celui qui murmure
2016 Le secret du gibet
2018 L'habit fait le moine
2024 Ils étaient quatre à table
2027 A la vie, à la mort
2033 Un coup sur la tabatière
2041 Les meurtres de la licorne
2045 Les démoniaques
2053 Le manoir de la mort
2056 Les neuf mauvaises réponses
2065 La mort sous un crâne
2078 La fiancée du pendu *(fév. 92)*
2087 La maison de la peste *(avril 92)*

Les Reines du Crime

Nouvelles venues ou spécialistes incontestées, les grandes dames du roman policier dans leurs meilleures œuvres.

RENDELL Ruth
1451 Qui a tué Charlie Hatton?
1501 Fantasmes
1521 Le pasteur détective
1532 L'Analphabète
1563 L'enveloppe mauve
1582 Ces choses-là ne se font pas
1616 Reviens-moi
1629 La banque ferme à midi
1640 Un amour importun
1649 Le lac des ténèbres
1688 Le maître de la lande
1718 La fille qui venait de loin
1747 La fièvre dans le sang
1773 Qui ne tuerait le mandarin?
1815 Morts croisées
1951 Une amie qui vous veut du bien
1965 La danse de Salomé
1978 La police conduit le deuil
1989 La maison de la mort
2000 Le jeune homme et la mort
2015 Meurtre indexé
2036 Les désarrois du Professeur Sanders

RICE Craig
1862 Justus, Malone & Co
1870 Malone et le cadavre en fuite
1899 Malone cherche le 114
1924 Malone quitte Chicago
1962 Malone met le nain au violon

RUTLEDGE Nancy
1830 La femme de César

SEELEY Mabel
1871 D'autres chats à fouetter
1885 Il siffle dans l'ombre

SIMPSON Dorothy
1852 Feu le mari de madame

TAYLOR Elizabeth A.
1810 Funiculaire pour la morgue

THOMSON June
1857 Finch se jette à l'eau
1886 Plus rude sera la chute
1948 Dans la plus stricte intimité
1995 Bouillon de minuit

ULLMAN A. & FLETCHER L.
2075 Raccrochez, c'est une erreur *(janv. 92)*

VARGAS Fred
1827 Les jeux de l'amour et de la mort *(Prix du Festival de Cognac 1986)*

YORKE Margaret
1958 Morte et pas fâchée de l'être

IMPRIMÉ EN FRANCE PAR BRODARD ET TAUPIN
Usine de La Flèche (Sarthe).
ISBN : 2 - 7024 - 0076 - 0
ISSN : 0768 - 0384

H 31/0151/6